Jeu dangereux

R.L. Stine

Traduit de l'anglais par
LOUISE BINETTE

Les éditions Héritage inc.

Un merci tout spécial à Michel
pour sa suggestion

Données de catalogage avant publication (Canada)

Stine, R. L.

Jeu dangereux

(Frissons ; 62)
Traduction de : The Fire Game.
Pour les jeunes de 12 à 14 ans.

ISBN : 2-7625-8437-X

I. Titre. II. Collection

PZ 23.S85Jeu 1996   j813'.54   C96-940389-5

The Fire Game
Copyright © 1991 Parachute Press, Inc.

Version française
© Les éditions Héritage inc. 1996
Tous droits réservés

Conception graphique de la couverture : Jean-Marc Brosseau
Illustration de la couverture : Sylvain Tremblay
Mise en page : Michael MacEachern

Dépôts légaux : 2e trimestre 1996
Bibliothèque nationale du Québec
Bibliothèque nationale du Canada

ISBN : 2-7625-8437-X   Imprimé au Canada

LES ÉDITIONS HÉRITAGE INC.
300, rue Arran, Saint-Lambert (Québec) J4R 1K5
(514) 875-0327

FRISSONS™ est une marque de commerce des éditions Héritage inc.

Chapitre 1

Des nuages floconneux se dispersent soudain pour laisser entrer la lumière vive du soleil par la fenêtre poussiéreuse de la bibliothèque. Jasmine Francœur plisse les yeux, éblouie, et pouffe de rire lorsque sa copine, Marie-Andrée Huard, met de grosses lunettes de soleil violettes à monture en cœur.

— Où as-tu pris ça? chuchote Jasmine.

— Elles sont belles, hein? dit Marie-Andrée. Tu ne trouves pas qu'elles me font paraître *sexy* et mystérieuse?

— Ça vous ennuierait de parler moins fort, les filles?

Jasmine et Marie-Andrée se tournent vers Anne Gosselin, la seule d'entre elles qui a ouvert un livre. Les filles sont installées à leur table préférée, derrière une étagère, à la bibliothèque de l'école.

— Qu'est-ce que tu as dit? crie Marie-Andrée qui éclate de rire en même temps que Jasmine.

— Tes lunettes sont bien jolies, dit Anne en

s'efforçant de rester sérieuse, mais on est dans une bibliothèque, Marie ! Et on est venues étudier pour notre examen de géographie.

— Calme-toi, dit Jasmine. Il n'y a personne d'autre que nous ici. Mademoiselle Dozois est partie dîner il y a quinze minutes.

— Et l'examen aura lieu seulement dans deux heures, ajoute Marie-Andrée en s'étirant comme un chat. On sera peut-être capturées par des extraterrestres d'ici là.

Jasmine se met à rire. Marie-Andrée ne prend jamais rien au sérieux. Jasmine se demande si c'est un genre qu'elle se donne, ou si elle prend vraiment tout à la blague.

— C'est facile à dire pour toi, proteste Anne. Tu as de bonnes notes en géographie. Moi, ce n'est pas pareil.

— Pauvre Anne ! dit Marie-Andrée d'un ton moqueur. Je gage que tu penses encore que la Terre est plate.

— Qui te dit qu'elle ne l'est pas ? demande Jasmine.

— Arrêtez, vous deux ! supplie Anne. Il faut absolument que j'aie de bonnes notes pour ce trimestre.

Son petit visage en cœur s'assombrit, comme si l'examen de géographie était la chose la plus importante de sa vie.

Jasmine observe Anne avec un mélange d'exaspération et d'affection. La délicate brunette à l'air timide contraste étrangement avec Jasmine et Marie-Andrée. Grande et mince, Jasmine a de longs cheveux noirs, tandis que Marie-Andrée, musclée et agile, porte ses cheveux roux à la garçonne. Les deux amies sont extraverties et enjouées. Malgré tout, ç'a « cliqué » tout de suite entre elles et Anne quand celle-ci s'est jointe à l'équipe de gymnastique au début du trimestre.

C'est peut-être, justement, parce qu'Anne est très différente d'elles, se dit Jasmine. Elle est aussi calme que Marie-Andrée est exubérante, et aussi sérieuse que Jasmine est joyeuse. Anne est la personne la plus gentille qu'elle connaisse, toujours prête à faire un compliment ou à distribuer des mots d'encouragement.

— Ne t'en fais pas pour l'examen, dit Marie-Andrée. Madame Martel ne prépare jamais de questions très difficiles.

— Ce n'est pas ce qu'elle a laissé entendre, proteste Anne.

— Qu'est-ce que ça peut bien faire ? demande Marie-Andrée. Moi, tout ce que je veux, c'est avoir la note de passage et continuer à faire du sport.

— Quand tu auras remporté le championnat de gymnastique, tes notes n'auront plus d'importance, approuve Jasmine.

— Crois-tu sincèrement que j'ai une chance de gagner ? demande Marie-Andrée.

— Qui d'autre que toi pourrait être championne ?

— N'importe laquelle des douze autres finalistes! répond Marie-Andrée.

— Je gage qu'aucune d'elles n'est aussi douée que toi, la rassure Anne. En fait, tu es la meilleure pour les exercices au sol.

— Merci. Je ne devrais pas l'admettre, mais je pense que j'ai une chance d'obtenir une médaille. J'aimerais seulement être un peu plus forte à la poutre.

— On va t'aider à t'entraîner en fin de semaine, propose Jasmine. Tu es d'accord, Anne?

— Bien sûr.

Le visage sérieux d'Anne s'éclaire d'un sourire.

— Ce dont j'ai le plus besoin, c'est qu'on m'aide à choisir la musique pour mes exercices au sol, précise Marie-Andrée. Vous avez des idées?

— Le *Boléro* de Ravel? suggère Jasmine.

— Pas question. Il y a trop de filles qui l'ont choisi. J'ai envie de quelque chose de très différent, que personne ne penserait à utiliser.

— Tu as songé à une composition originale? demande Anne.

— Qu'est-ce que tu as en tête? Jasmine et toi, vous chanterez pendant que je ferai mes sauts périlleux?

— Je pensais à un de mes amis, explique Anne avec enthousiasme. C'est un compositeur. Il écrit ses propres chansons et il s'accompagne à la guitare. Il a beaucoup de talent.

— Super! Il pourrait peut-être s'asseoir sur les barres parallèles et gratter sa guitare.

Marie-Andrée soupire.

— Je parle sérieusement. J'ai besoin de quelque chose de très original.

— Moi aussi, je suis sérieuse, dit Anne qui semble blessée.

— Je trouve l'idée d'Anne excellente, dit Jasmine. Si les compositions de son ami te plaisent, on pourrait en enregistrer une pour la compétition. C'est certain que personne d'autre n'utilisera de musique originale.

— Tu crois vraiment qu'il le ferait? demande Marie-Andrée.

— Tu pourras le lui demander toi-même la semaine prochaine, répond Anne. Son père vient d'être muté à Belval et Gab et sa mère s'installeront ici dans quelques jours.

— Gab? répète Marie-Andrée.

— C'est un diminutif pour Gabriel, explique Anne. Comme l'ange. Mais je dirais que Gab tient plus du démon que de l'ange.

Jasmine et Marie-Andrée la dévisagent pendant un instant.

— Qu'est-ce que tu veux dire? demande Jasmine.

— Il n'est pas comme les autres gars. Il est… euh… un peu fou, drôle et gentil à la fois. Je le connais depuis que je suis toute petite et je n'arrive jamais à prévoir ses réactions.

— Intéressant, dit Marie-Andrée en haussant un sourcil.

— Il est très beau, aussi, ajoute Anne après réflexion. Il a les yeux les plus verts du monde. Ils sont vraiment verts, pas brun-vert.

— Alors, quand ferons-nous la connaissance de monsieur Perfection ? demande Marie-Andrée.

— Sa mère et lui devraient emménager d'une journée à l'autre. Je suis très contente qu'ils viennent s'installer ici, mais...

La voix d'Anne traîne.

— Mais ? répète Jasmine.

— Gab a un peu peur de déménager dans une petite ville, explique Anne. Il a habité à Montréal toute sa vie.

— On s'arrangera pour le distraire, dit Marie-Andrée. Première chose à faire : l'éloigner de Nicolas et de Michaël.

— Voyons, Marie ! dit Jasmine. Ils ne sont pas si bêtes que ça.

— Alors pourquoi tu ne sors pas avec eux ? riposte Marie-Andrée. Tout le monde sait qu'ils sont fous de toi.

— Qu'est-ce que tu racontes ?

Mais Jasmine sait bien que Marie-Andrée a raison. Nicolas Malo et Michaël Boisclair sont de bons copains, mais de là à les trouver excitants...

Officiellement, ils ne sont tous que des amis, mais Jasmine se rend bien compte que Nicolas et Michaël sont attirés par elle. Dommage que ce ne soit pas réciproque. Peut-être que ce garçon, Gab, sera plus son genre.

Jasmine est tirée de sa rêverie par un gloussement diabolique. Une seconde plus tard, Nicolas surgit de derrière une grande étagère, ses longs doigts maigres faisant office de griffes.

— Ah! les voilà! dit-il en prenant l'accent de Dracula. Quels morceaux de choix!

— Nous pourrions peut-être les emballer et les apporter au château, ajoute Michaël en imitant la voix du vampire.

Contrairement à Nicolas qui est grand et maigre, Michaël est trapu et rondelet. Son visage rebondi et rougeaud est tout tordu en une grimace digne d'un film d'horreur. Les trois filles éclatent de rire.

— Ne dites rien! Je gage que vous avez encore loué de vieux films d'horreur, dit Jasmine.

— Comment as-tu deviné? demande Michaël en reprenant son horrible expression.

— On en a regardé trois hier soir, avoue Nicolas en s'assoyant sur l'appui de la fenêtre près de la table. Ils étaient tous bons, mais le meilleur, c'était *La Torche*. L'avez-vous déjà vu?

— On a mieux à faire de notre Q.I., dit Marie-Andrée d'un ton dégoûté. Mais pour vous, il est peut-être déjà trop tard.

Nicolas ne tient pas compte de l'insulte et continue:

— C'est l'histoire d'un gars qui peut faire jaillir

le feu au bout de ses doigts. Il est une sorte de lance-flammes humain.

— En plein le genre de gars qu'il faut avoir sous la main quand on fait un barbecue, plaisante Marie-Andrée.

— Exactement, dit Nicolas. Lui, c'est le bon, mais il rencontre un autre gars, le méchant, qui a les mêmes pouvoirs que lui. C'est à ce moment-là que les duels de feu commencent.

— Comme ça! s'exclame Michaël en allumant soudain un briquet jetable.

Il tourne la molette de réglage de la flamme au maximum. La flamme s'élève et il brandit le briquet dans la direction de Nicolas.

— Eh! s'écrie Nicolas en riant.

Il fouille dans sa poche à la recherche de son briquet.

— Prends ça, salaud! dit-il en l'allumant devant Michaël.

Les deux amis se livrent un duel, armés de leur briquet.

Jasmine et Marie-Andrée rigolent, car les deux garçons ont l'air ridicules.

— Arrêtez! souffle Anne avec colère. Arrêtez!

Jasmine se tourne vers son amie dont les traits sont tordus par la peur.

— Arrête-les, Jasmine. Dis-leur d'arrêter!

Anne agrippe le bras de Jasmine.

— C'est seulement pour rire, dit celle-ci pour la calmer.

Mais elle avertit quand même les garçons.

— Ça suffit, maintenant.

— Non, continuez, dit Marie-Andrée. Vous pourriez peut-être mettre le feu pour que l'examen de géo soit annulé.

— Je n'utilise mes pouvoirs que pour les bonnes causes ! dit Michaël. Et la géo, c'est… Hé ! attention !

Michaël fait un bond de côté en voyant Nicolas s'élancer vers lui. Le corps efflanqué de Nicolas heurte le côté de l'étagère, faisant tomber plusieurs livres sur le plancher. Hors d'équilibre, Nicolas atterrit sur les genoux de Marie-Andrée.

— Ôte-toi de là ! grogne-t-elle.

— Vous m'accordez cette danse ? demande Nicolas.

Il se redresse et s'appuie contre le mur ; son briquet est toujours allumé.

— Arrêtez de faire les cons, les gars ! dit Jasmine.

Elle sait qu'ils font ça seulement pour s'amuser, mais elle trouve ça dangereux de jouer avec le feu dans une bibliothèque.

Nicolas s'empare d'une chemise vide et l'approche du briquet à plusieurs reprises.

— Non ! hurle Anne, prise de panique.

Tout le monde, y compris Nicolas, se tourne vers elle. Une fraction de seconde plus tard, la chemise prend feu.

Chapitre 2

— Voilà! Tu l'as fait! s'écrie Anne, blême de peur.

Sa chaise se renverse lorsqu'elle bondit sur ses pieds.

— Tu l'as vraiment fait!

Elle pivote sur ses talons et sort de la bibliothèque en courant.

Personne ne bouge pendant un instant. Marie-Andrée saisit la chemise des mains de Nicolas et la secoue pour éteindre les flammes.

— Qu'est-ce qu'elle a, ton amie? demande Michaël. Pourquoi elle a piqué une crise?

— C'est ton amie aussi, fait remarquer Jasmine. Tu sais, ce n'est pas très brillant de ta part de jouer avec un briquet dans une bibliothèque.

— Heureusement que mademoiselle Dozois n'est pas là! ajoute Marie-Andrée. Je vais voir si Anne s'est calmée.

— Je t'accompagne, dit Jasmine. On se revoit en géo, les gars.

Marie-Andrée laisse tomber la chemise noircie dans la poubelle pleine à craquer à la sortie de la bibliothèque.

Les deux amies trouvent Anne plantée devant une fenêtre ouverte. Elle prend de grandes inspirations et tremble de la tête aux pieds.

Jasmine passe son bras autour de ses épaules.

— Hé! Anne! Qu'est-ce qu'il y a?

Anne se tourne vers elles, le visage décomposé.

— Je déteste le feu, dit-elle.

— Je comprends, dit Marie-Andrée. Mais tu ne crois pas que tu dramatises un tout petit peu? Il n'y a pas eu de blessé. On a juste fait brûler une vieille chemise.

— Tu as probablement raison, dit Anne. Excusez-moi. Ça va mieux maintenant.

Mais Jasmine voit bien qu'elle est encore effrayée; terrifiée même.

* * *

Quelques minutes plus tard, Jasmine est assise dans la classe de mathématiques et essaie de résoudre des problèmes d'algèbre. «Si un train part de Toronto et roule à quatre-vingt-dix kilomètres à l'heure, et qu'un autre train quitte Vancouver au même instant et roule à cent dix kilomètres à l'heure…»

«Et pourquoi feraient-ils ça? se demande Jasmine. Il n'y a plus personne qui prend le train de nos jours!»

Rien à faire. Elle n'arrive pas à se concentrer sur

ces trains stupides. Son regard est continuellement attiré par les cornouillers en fleurs à l'extérieur. Jasmine revoit l'incident de la bibliothèque dans sa tête et elle est intriguée par l'étrange réaction d'Anne.

«Peut-être que ça lui fera du bien de retrouver son vieux copain, se dit Jasmine.

«Ce sera peut-être bon pour moi aussi», pense-t-elle. Ce Gabriel a l'air d'un garçon des plus intéressants. Jasmine n'a jamais rencontré de garçon passionné de musique. Nicolas et Michaël sont de bons amis, mais jamais elle ne tombera en amour avec l'un d'eux.

Elle est en train d'imaginer les yeux verts de Gab quand une odeur âcre lui pique les narines.

De la fumée !

Lorsqu'elle regarde dehors, les fleurs rose et blanc des cornouillers ont disparu derrière la fumée épaisse et noire. Jasmine sent son cœur se serrer.

Une seconde plus tard, l'alarme d'incendie est déclenchée.

L'interphone grésille : la voix du directeur leur parvient difficilement en raison de la sonnerie d'alarme.

— Tous les responsables, à vos postes, dit le directeur.

Le cri angoissé d'une élève couvre ses paroles.

— C'est vraiment un feu !

— Restez calmes, ordonne monsieur Morier, le professeur de maths.

Il parle d'une voix grave et égale, mais Jasmine

14

le soupçonne d'avoir peur.

— Nous avons amplement le temps de sortir. Alignez-vous près de la porte.

Jasmine prend son sac à dos, se lève et se joint à la file d'élèves qui suit le professeur dans le couloir enfumé du deuxième étage.

Au moment où la classe de Jasmine arrive dans la cour, des pompiers vêtus de manteaux noirs et de casques prennent l'école d'assaut.

Jasmine cherche du regard Anne et Marie-Andrée, mais leurs cours avaient lieu à l'autre extrémité de l'école. « Anne doit être morte de peur, pense Jasmine. Si elle a paniqué à cause de deux pauvres briquets tout à l'heure, à la bibliothèque… »

La bibliothèque !

Dominic Rouleau, un garçon de sa classe, la pousse du coude juste à cet instant.

— Regarde ! La bibliothèque est en feu !

Jasmine lève les yeux et suit le regard de Dominic. Elle aperçoit de la fumée qui s'échappe des fenêtres du deuxième étage et qui s'élève en spirale. Elle comprend tout de suite ce qui a dû se passer.

Deux pompiers, le visage maculé de suie, sortent de l'école en traînant une poubelle calcinée derrière eux. La poubelle a été arrosée, mais elle fume toujours.

C'est la poubelle qui se trouvait à la sortie de la bibliothèque.

Celle dans laquelle Marie-Andrée a jeté la chemise brûlée.

Chapitre 3

— Je ne savais pas qu'elle brûlait encore, dit Marie-Andrée.

Elle avale une gorgée de *root beer* et prend une frite dans l'assiette de Nicolas.

— Beurk ! Elles sont tellement salées ! Hé ! Nicolas ! Tu n'as jamais pensé à manger à même la salière ?

— Si tu ne les aimes pas, tu n'as qu'à t'en commander, dit Nicolas en reprenant son assiette. Et puis je croyais que tu étais à la diète, toi ?

Nicolas commande toujours des doubles portions, mais il reste maigre comme un piquet.

— Il faut que je prenne des forces au cas où l'on m'arrêterait pour avoir mis le feu à l'école, plaisante Marie-Andrée.

— Relaxe-toi, Marie, dit Michaël. Personne ne sait que c'est ta faute.

— C'est la faute de Nicolas, de toute façon, intervient Jasmine. Et de Michaël. Avouez-le, les gars. Vous aviez tout planifié pour que l'examen de géo soit remis.

— Et ç'a marché, dit Michaël.

— Vous pourriez peut-être refaire le coup la semaine prochaine. Comme ça, je n'aurais pas besoin de remettre ma dissertation, dit Jasmine. C'est mercredi à neuf heures quarante.

— Je n'arrive pas à croire qu'une poubelle en feu dégage tant de fumée, dit Marie-Andrée.

— C'est terrible, le feu, dit Anne d'une petite voix.

Elle n'avait pas prononcé un mot depuis leur arrivée à la pizzeria, sauf pour commander un *Coke*.

— Qu'est-ce qui te prend? demande Michaël. Personne n'a été blessé. Il n'y a même pas eu de dommages.

— Mais il aurait pu y en avoir, dit Anne.

Elle frissonne.

— Vous savez, dit Jasmine, Anne a raison. Le feu, ça fait très peur…

— Regardez! s'écrie Anne tout à coup. Regardez qui est là!

Jasmine lève les yeux et s'attend presque à voir le chef des pompiers. La porte est ouverte et la silhouette d'un jeune homme grand et musclé se découpe sur le fond de ciel orangé. Le garçon porte des *Levis* délavés et un tee-shirt gris. Ses cheveux blond roux encadrent son joli visage.

— Gab! Ici!

Anne se lève, court vers lui et le serre bien fort dans ses bras.

— Qui c'est, ce gars-là? demande Michaël.

— Un ami d'Anne, de toute évidence, répond Nicolas.

— Elle avait raison, chuchote Marie-Andrée en examinant le nouveau venu. Ce gars-là est superbe.

Anne revient à la table en tirant Gabriel par le bras.

— Voici mon bon ami Gabriel Millette, annonce-t-elle avec un sourire radieux.

Anne rayonne et Jasmine remarque à quel point son amie est belle quand elle sourit.

Jasmine croise le regard de Gabriel.

Elle n'a jamais vu un garçon aussi beau, sauf au cinéma. Ses yeux sont tout aussi verts qu'Anne l'avait dit, d'un vert bouteille clair et d'une intensité qui rappelle le feu.

Gabriel la dévisage un instant, puis se tourne vers les autres, l'air un peu moqueur.

— Salut ! Ça va ? dit-il quand Anne lui présente ses amis.

Pourquoi Jasmine a-t-elle l'impression que Gabriel n'est pas très heureux de se retrouver là ?

— Tiens, assieds-toi, dit Michaël en tirant une chaise.

Gabriel retourne la chaise et s'assoit dessus à califourchon.

— Merci, dit-il sans un regard pour Michaël.

Ses yeux s'attardent sur Marie-Andrée, puis de nouveau sur Jasmine. Un sourire mystérieux se dessine sur son visage.

— Alors, c'est ici que ça se passe ? demande-t-il d'un ton ironique.

— Belval est une belle petite ville, dit Anne. Tu vas aimer ça ici, j'en suis sûre.

— Pas moi, dit Gabriel en haussant les épaules.

— Anne nous a dit que tu viens de Montréal, dit Marie-Andrée.

— Ah oui ? Qu'est-ce qu'elle vous a raconté d'autre à mon sujet ?

— Il paraît que tu es musicien, dit Jasmine, et que tu écris des chansons.

— Je m'amuse un peu, dit Gabriel.

— C'est vrai ? demande Nicolas. Tu pourrais peut-être me donner des cours de guitare.

— Oh ! Nicolas ! gémit Marie-Andrée. Tu ne connais que deux accords.

— C'est pour ça que j'ai besoin d'aide ! Tu joues de la guitare, Gab ?

— Oui, entre autres.

— De quels instruments joues-tu aussi ? demande Michaël.

— Je joue de plusieurs instruments, répond Gabriel qui commence à trouver la conversation ennuyeuse.

— Pour l'amour du ciel, Michaël ! s'écrie Marie-Andrée. Gab vient juste d'arriver. Donne-lui le temps de souffler.

— Comment se fait-il que tu sois déjà là ? demande Anne. Je croyais que ta mère et toi deviez arriver seulement la semaine prochaine.

— Ouais, mais les gens qui ont acheté notre maison étaient prêts à emménager. Alors, me voilà.

— Ce n'est pas aussi animé ici qu'à Montréal, fait remarquer Michaël.

— C'est différent, dit Gabriel.

— En fait, il y a eu de l'action ici aujourd'hui, commence Jasmine.

Elle ignore pourquoi, mais elle ressent le besoin de défendre Belval.

— Ah oui ? fait Gabriel.

— Jasmine veut parler du feu qu'il y a eu à l'école, explique Marie-Andrée. Mais ce n'était pas grand-chose.

— On s'est quand même sauvés de l'examen de géo, lui rappelle Nicolas.

— Vous voulez dire que c'est vous qui avez mis le feu ? demande Gabriel avec un intérêt soudain.

— En quelque sorte, répond Michaël. Nicolas a fait brûler une chemise. C'était pour rire. Mais Marie-Andrée l'a jetée dans la poubelle et le feu a pris.

— C'est tout ? demande Gab. Vous avez mis le feu à une poubelle ?

— Ben oui !

— Les pompiers sont venus ?

— Oui, répond Nicolas. C'était impressionnant.

Gabriel reste silencieux pendant un long moment, puis il secoue la tête en s'adressant à Michaël.

— Es-tu en train de me dire que ce qui s'est passé de plus excitant aujourd'hui est un feu de poubelle allumé par accident ?

— On t'a dit que ce n'était pas grand-chose, insiste Marie-Andrée. Mais ç'a mis un peu de piquant dans notre journée.

— Vous savez, continue Gab comme s'il se parlait à lui-même, ça prend de l'audace pour allumer un feu délibérément.

— Tu l'as déjà fait? demande Michaël.

Gabriel ne répond pas et se contente de hausser les épaules. Il a un sourire énigmatique et ses yeux verts sont perdus dans le vague.

Troublée, Jasmine le regarde attentivement. «Qu'est-ce qu'il raconte? se demande-t-elle. Est-ce qu'il allume des feux intentionnellement?» Elle observe ses amis, étonnée de lire l'excitation sur leur visage.

Jasmine se tourne vers Anne qui est redevenue sérieuse. Son amie fixe Gabriel et secoue la tête lentement, comme si elle lui envoyait un message.

«Qu'est-ce qui se passe? se demande Jasmine. Y a-t-il quelque chose au sujet de Gabriel qu'Anne ne veut pas que nous sachions?»

Chapitre 4

— Bon appétit! dit Nicolas en posant son plateau surchargé sur la table avec précaution.

— Nicolas! s'exclame Jasmine. Tu as pris six morceaux de pizza!

— Je n'avais pas assez d'argent pour en payer plus, plaisante Nicolas.

Assis à côté de Nicolas et en face de Jasmine, Michaël contemple son gros bol de salade, tandis que les autres se régalent de pizza.

— Je suis tellement contente que ce soit vendredi, dit Jasmine. Et pas seulement parce que c'est le jour de la pizza à la cafétéria.

— Et moi donc! s'exclame Marie-Andrée qui se tourne vers Michaël. Qu'est-ce qui ne va pas? lui demande-t-elle. D'habitude, tu manges autant de morceaux que Nicolas.

— Je n'ai pas très faim aujourd'hui, répond Michaël en mangeant sa salade du bout des dents.

— Il essaie de maigrir, explique Nicolas. Il veut ressembler à Gab.

— Fiche-moi la paix !

Le visage rougeaud de Michaël s'empourpre encore davantage.

— Il n'y a rien de mal à vouloir s'occuper un peu de soi.

— Si tu espères ressembler à Gab, ça va te prendre bien autre chose que de la salade, dit Marie-Andrée.

— Moi, je trouve que c'est une bonne idée que Michaël essaie de perdre du poids, intervient Anne. Ne lâche pas, Michaël.

— Puisqu'on parle de Gab, dit Marie-Andrée, je ne l'ai pas vu ce matin. Est-ce qu'il est à l'école ?

— Les meubles de ses parents seront livrés aujourd'hui, répond Anne. Il est peut-être resté chez lui pour... Tiens ! le voilà !

Gabriel marche vers leur table sans se presser, s'assoit à côté de Jasmine et la gratifie de son mystérieux sourire. Embarrassée, Jasmine ne sait pas quoi dire.

— Je suis allé faire quelques exercices au gymnase, dit Gab. Le cours d'éducation physique est vraiment pourri ici. On dirait qu'il s'adresse à des pâtes molles qui passent leur temps à s'écraser devant la télé.

— Ce n'est pas vrai, proteste Nicolas. On a l'une des meilleures équipes de natation du pays.

— Sans parler de l'excellent programme de gymnastique, ajoute Jasmine. Marie-Andrée sera bientôt championne provinciale.

— C'est vrai ?

Gabriel lui jette un regard admiratif.

— Je ne sais pas si je me rendrai jusque-là, dit Marie-Andrée. Au fait, je voulais te demander…

— Nous en parlerons une autre fois, l'interrompt Anne. Gab, est-ce que le déménagement s'est bien passé ?

— Oui, les déménageurs sont arrivés très tôt hier matin. Je crois que je suis vraiment coincé ici, maintenant.

— Oh ! arrête ! s'écrie Jasmine, soudain exaspérée. Tu n'es pas ici depuis assez longtemps pour savoir de quoi tu parles.

— Je sais une chose, en tout cas : la pizza est dégueulasse, dit Gabriel en laissant tomber un morceau à peine entamé sur son plateau.

— À quoi t'attendais-tu ? demande Anne. On est dans une cafétéria. Il faudrait que tu essaies celle de la pizzeria.

— J'en ai fait livrer une hier soir, dit Gabriel. Elle n'était pas terrible.

— Bon, d'accord, dit Nicolas. Peut-être que notre pizza ne se compare pas à celle de la grande ville, mais Belval a d'autres bons côtés.

— Lesquels ?

— On mange la meilleure crème glacée du monde chez *Paulo*, dit Jasmine. Je gage que toi aussi tu la trouverais terrible, pour reprendre ton expression.

— Je ne mourrai sans doute pas de faim ici, dit Gabriel, mais probablement d'ennui.

— Il y a plein de choses à faire ici, poursuit Jasmine en se demandant pourquoi elle s'acharne à défendre Belval. On peut aller danser à *L'Étoile rouge* ou jouer aux quilles… Bon, je sais bien que tu faisais tout ça à Montréal, mais je suis certaine qu'il n'y avait pas autant d'espaces verts là-bas qu'ici.

— Arrête ! C'est trop ! plaisante Gabriel.

— Gab ! soupire Anne. Tu ne veux même pas essayer de connaître notre ville ? Si seulement tu t'en donnais la peine, je suis sûre que tu l'aimerais.

— Ben oui, je vais essayer. Mais ce n'est pas facile. Pouvez-vous nommer une chose qu'on trouve à Belval mais pas à Montréal ?

— On a une rue hantée, répond Michaël.

— Une quoi ?

— La rue Pétrin, précise Jasmine avec un petit frisson. Mais elle n'est pas située dans le quartier le plus accueillant de Belval.

— La rue Pétrin ? C'est une blague ou quoi ?

— C'était le nom d'un des fondateurs de la ville, explique Michaël. Les ruines de son manoir sont encore là. On dit que certaines maisons construites dans cette rue sont hantées.

— Qu'est-ce que c'est exactement ? demande Gabriel. Une attraction touristique ?

— Non, répond Marie-Andrée d'un ton sérieux. Au bout de la rue, il y a un vieux cimetière entouré d'une forêt. Des choses terribles se sont passées dans cette rue : des disparitions, des meurtres que la police n'a pas réussi à élucider.

— Ça semble intéressant. J'aimerais bien y aller.

— En fin de semaine, peut-être ? demande Anne. Mes parents viennent d'acheter un chalet au bord du lac dans la forêt du domaine Pétrin. Le paysage est superbe.

— Tes parents ont acheté un chalet hanté ? demande Gabriel.

— Bien sûr que non ! Le bois est plutôt sinistre, mais le chalet est super. On pourrait aller faire un pique-nique.

— J'aimerais bien, Anne, dit Gabriel, mais j'ai promis à mes parents de les aider à déballer le reste de nos affaires.

— Toute la fin de semaine ? demande Marie-Andrée.

— J'en ai bien peur.

— C'est dommage qu'on n'ait pas congé cet après-midi, dit Michaël.

— Hé ! fait Gabriel. Et s'il y avait vraiment une urgence ?

— Qu'est-ce que tu veux dire ? demande Jasmine.

— Vous vous rappelez ce que vous m'avez raconté au sujet du feu dans la poubelle ? Votre examen de géo a été annulé, si je me souviens bien.

— C'était un accident.

Jasmine n'est pas certaine d'avoir envie d'entendre la suite.

— Et si on allumait un vrai feu ? Un feu qui entraînerait l'annulation des cours ?

Gabriel a parlé d'un ton aussi naturel que s'il avait proposé de retourner chercher de la pizza.

— Pourquoi pas un appel à la bombe? suggère Michaël.

— Ou... Attendez! plaisante Marie-Andrée. Et si on kidnappait le directeur?

— On pourrait l'amener au pique-nique avec nous. Il apprécierait sûrement le fait d'avoir un après-midi de congé.

Tout le monde rit aux éclats.

— Ce sont toutes d'excellentes idées, dit Gabriel, mais je vote pour le feu.

— Moi aussi, approuve Michaël. On sait que ça marche.

— Oui, mais qui va l'allumer? demande Marie-Andrée.

— Quelqu'un qui a du cran, dit Gabriel.

Il sourit d'un air moqueur et, tout à coup, Jasmine se demande s'il est sérieux.

— Es-tu sérieux? lâche Michaël comme s'il avait lu dans les pensées de Jasmine.

Gabriel hausse les épaules.

— C'est toi qui as dit que tu aimerais avoir congé cet après-midi.

— Oui, mais je ne voulais pas dire...

— Tu ne voulais pas dire quoi? Tu veux avoir congé, oui ou non?

— Oui, j'aimerais ça. Mais... es-tu en train de dire qu'on devrait réellement allumer un feu?

Michaël a l'air ahuri.

— Pas nous, dit Gabriel. Toi.

— Moi? répète Michaël d'une voix aiguë. Pourquoi moi?

— Ou Nicolas, ajoute Gabriel comme si de rien n'était. Mais si vous n'avez pas de cran ni l'un ni l'autre, on oublie ça.

— Es-tu fou? s'indigne Nicolas. On pourrait nous mettre dehors de l'école!

— Gab, tu n'es pas sérieux! s'écrie Jasmine.

— J'espère bien que tu ne l'es pas, dit Anne.

Jasmine croit la voir supplier Gabriel du regard.

— Je ne veux plus entendre parler de feu, ajoute Anne. Il… il faut que j'aille étudier.

Elle se lève brusquement et s'éloigne.

— Anne! crie Jasmine.

— Ne t'en fais pas pour elle, dit Gabriel. Le feu l'a toujours rendue un peu nerveuse.

Il se tourne vers Marie-Andrée.

— Et toi, que penses-tu de notre idée?

Marie-Andrée sourit, fébrile.

— J'ai hâte de voir si quelqu'un aura le courage de le faire.

— Probablement pas, dit Gab. On est à Belval, la capitale des poules mouillées.

D'un geste désinvolte, il sort un briquet jetable de sa poche et le pose sur la table.

— Ce ne serait pas difficile, vous savez. Je surveille les toilettes des gars depuis un bon moment. Personne n'y est entré depuis quinze minutes.

Ils restent tous silencieux pendant quelques

secondes, regardant fixement le briquet comme s'il s'agissait d'une bombe.

Michaël tend le bras et s'en empare brusquement.

— Michaël, dit Jasmine, soudain nerveuse. Ne te sens pas obligé de faire quoi que ce soit que tu n'as pas envie de faire.

Michaël reste muet. Il semble prendre une décision, se lève et se dirige vers les toilettes des gars.

Jasmine, Marie-Andrée, Nicolas et Gabriel le suivent du regard.

— Il ne mettra pas vraiment le feu, dit Jasmine en espérant qu'elle a raison.

— Peut-être qu'il a envie, dit Marie-Andrée. Je connais Michaël depuis trois ans et il ne...

Elle est interrompue par la sonnerie annonçant la fin de l'heure du dîner. Le vacarme habituel s'ensuit quand les élèves se lèvent pour aller porter leur plateau.

Jasmine s'apprête à soulever le sien quand elle entend un bruit d'explosion. La porte des toilettes des gars sort de ses gonds. Une fraction de seconde plus tard, des flammes orangées jaillissent dans la cafétéria.

Chapitre 5

« Tout le monde fait comme s'il s'agissait d'une bonne plaisanterie », se dit Jasmine.

Nicolas, vêtu d'un short en jeans et d'un énorme chapeau de paille, s'affaire à décharger le coffre de la vieille familiale de son père. Une à une, il lance les choses à Marie-Andrée et à Gabriel, qui poussent des cris et rient aux éclats.

Jasmine et Marie-Andrée ont enfilé une robe de plage par-dessus leur maillot de bain. Gabriel, lui, porte un cuissard en *spandex* noir et un tee-shirt sans manches qui lui donnent l'air d'un finaliste au concours de monsieur Univers. Même Michaël est venu en maillot de bain ; sa taille épaisse forme un petit bourrelet qui recouvre la bande élastique de son maillot.

Quant à Anne, elle porte des jeans et un tee-shirt fleuri à manches longues.

— Je suis allergique au soleil, leur rappelle-t-elle. Mais ça ne veut pas dire que vous ne pouvez pas vous baigner.

Tandis que les autres continuent à décharger la voiture, Anne nettoie la table à pique-nique.

Jasmine n'a jamais vu ses amis aussi survoltés. Il faut dire que ce n'est pas tous les jours qu'on met le feu à l'école.

Elle ne sait toujours pas ce qu'elle doit penser de tout ça. Quand les flammes ont jailli dans la cafétéria, elle a eu la peur de sa vie. Les genoux tremblants, elle a suivi les autres dehors parmi les cris et à travers une épaisse fumée noire et suffocante.

«Michaël! se répétait-elle sans arrêt. Il était là au moment de l'explosion!»

Quelques instants plus tard, il est sorti par la petite porte de la cafétéria.

— Michaël! Est-ce que ça va? On ne savait pas si tu avais réussi à sortir.

Avant qu'il ait pu répondre, Anne a couru vers eux sur le terrain de soccer.

— Qu'est-ce qui s'est passé? a-t-elle demandé, toute pâle.

— On l'a fait, voilà ce qui s'est passé! a annoncé Marie-Andrée dans un cri de triomphe.

— Hé! pas si fort! a dit Michaël d'une voix étranglée.

Il était blanc comme un drap et paraissait secoué.

— Quelle explosion! jubilait Gabriel. Comment as-tu fait pour…

— Je ne veux pas en parler ici, a dit Michaël.

— Personne ne peut nous entendre, a protesté Marie-Andrée. *Wow*! C'est incroyable!

De nouveau, tandis que leur sirène hurlait, les voitures de pompiers se sont amenées en vrombissant dans la cour de l'école. Cette fois, les pompiers ont pris la peine de dérouler les boyaux et sont entrés dans l'école en arrosant.

Des voitures klaxonnaient bruyamment, des haut-parleurs gueulaient et des cris excités résonnaient. Il y avait un tel chahut que Jasmine avait de la difficulté à penser. Elle s'est contentée d'observer la scène en silence.

— Heureusement que je n'étais pas dans la cafétéria, lui a dit Anne. Ça devait être terrifiant.

— Oui, ça l'était.

— Vous êtes certains que je ne me ferai pas prendre ? a demandé Michaël avec nervosité.

— Calme-toi ! a dit Gabriel avec impatience. Personne ne peut savoir que c'est toi. Il n'y avait pas un chat dans les toilettes et avec tout le va-et-vient de la cafétéria…

— Je ne pensais pas que ce serait un si gros feu, a continué Michaël. Je n'ai jamais voulu causer tant de dégâts.

— Les toilettes seront fermées pendant quelques jours, a dit Marie-Andrée. La belle affaire !

— Il y avait un produit nettoyant en aérosol à côté de la poubelle, a dit Michaël. C'est probablement ça qui a explosé. J'ai mis le feu à des serviettes en papier dans la poubelle et j'ai couru. J'ai eu de la chance. L'explosion s'est produite quelques secondes après que je fus sorti. Quel boum !

— C'est pour ça que les flammes se sont répandues si vite, a fait remarquer Gabriel.

— Ne t'inquiète pas, Michaël, a dit Anne avec bienveillance. Tu t'es laissé entraîner par Gab. Je sais que ce n'est pas ta faute.

Plus tard, quand le feu a été maîtrisé, le chef des pompiers est venu interroger quelques élèves qui se trouvaient à la cafétéria. Mais personne n'avait vu quoi que ce soit d'inhabituel. Les cours ont été annulés pour le reste de la journée en raison des dommages causés par l'eau et la fumée.

* * *

— On a tout, annonce Michaël. Et si on mangeait maintenant ?

— Il faut laisser brûler les briquettes de charbon, dit Anne. Pourquoi vous n'allez pas vous baigner en attendant ?

— Avant, je veux voir le chalet hanté d'Anne, dit Gabriel. Allez, Anne. Laisse-nous entrer.

— Mes parents n'ont pas terminé les rénovations. Mais on peut jeter un coup d'œil.

De l'extérieur, le chalet a un petit air rustique. À l'intérieur, cependant, il est des plus modernes. Les meubles sont d'une élégance sobre ; l'unique pièce, très grande, est décorée de nombreuses œuvres d'art : mobiles, toiles et sculptures. Le père d'Anne possède un établi où sont disposés ses outils et son chalumeau.

— Mon père a l'intention de transformer le chalet en atelier pendant les fins de semaine, explique Anne. Il aime la lumière ici.

Son père enseigne la sculpture sur métal au cégep et son talent lui a déjà valu plusieurs prix.

— Je n'ai jamais compris ce que représentent les sculptures de ton père, dit Gabriel. Mais cet endroit est fantastique ! C'est dommage qu'il ne soit pas vraiment hanté.

— Tu ne trouves pas que la journée a été assez mouvementée comme ça ? demande Marie-Andrée en riant.

— Moi ? dit Gabriel. Pas du tout ! Venez ! Allons voir le lac !

* * *

L'eau est glacée et contraste vivement avec l'air chaud de cette journée de printemps. Jasmine abandonne au bout de quelques minutes et rejoint Anne sur le quai. Elle a la chair de poule et s'enroule dans une serviette.

Au milieu du petit lac, Nicolas et Michaël font les fous sur le pédalo en s'amusant à se pousser. Un peu à l'écart, Gabriel et Marie-Andrée font du surplace et discutent avec animation. Michaël surgit soudain tout près d'eux. Après quelques cris et des bruits d'éclaboussement, Marie-Andrée revient vers la rive à la nage. Elle sort de l'eau en frissonnant et s'assoit à côté de ses deux amies.

— Michaël s'est mis à vanter les talents de

nageur de Nicolas devant Gab et ils ont décidé de faire une course. Ils vont nager du pédalo jusqu'ici, puis retourner au pédalo. Nous, on doit s'assurer qu'ils touchent au quai tous les deux.

— Gab est tout un athlète, dit Anne. Mais je ne suis pas sûre qu'il nage aussi bien que Nicolas.

— Je parie sur Nicolas, dit Jasmine.

— Moi, sur Gab! dit Marie-Andrée. Si Nicolas gagne, je te laisserai emprunter mon blouson de cuir rouge quand tu voudras. Mais si c'est Gab qui l'emporte, tu devras faire mes devoirs d'histoire toute la semaine.

— Marché conclu! dit Jasmine en riant.

Les deux garçons se tiennent sur le pédalo. Toujours dans l'eau, Michaël lève la main et les filles l'entendent crier:

— À vos marques! Prêts? Partez!

Nicolas et Gabriel plongent dans le lac et nagent vers le quai en effectuant de puissants mouvements de bras. Jasmine les regarde filer dans l'eau.

— Vas-y, Nicolas! crie-t-elle.

— Vas-y, Gab! hurle Marie-Andrée.

— Vas-y, vas-y! crie Anne.

Jasmine ne sait pas qui Anne encourage, mais chose certaine, elles ont beaucoup de plaisir à regarder la course.

C'est Nicolas qui touche le quai en premier. Tandis que les deux garçons retournent au pédalo, il accentue encore son avance.

— Vas-y, Nicolas!

Puis juste avant d'atteindre le pédalo, Nicolas ralentit et Gabriel l'emporte de justesse.

Marie-Andrée se lève et l'acclame bruyamment.

— *Wow!* fait-elle en se rassoyant. Est-ce qu'il y a quelque chose que Gabriel ne peut pas faire?

— De quoi parliez-vous tous les deux dans l'eau? demande Anne.

— Tu te souviens de ce que tu m'as dit à propos des talents de compositeur de Gab? demande Marie-Andrée. Je lui ai demandé s'il pouvait composer un morceau pour mes exercices au sol et ça l'intéresse. Il va me regarder m'entraîner, question d'être inspiré...

— C'est merveilleux! dit Jasmine.

— Il va se sentir utile, fait remarquer Anne. Ça l'aidera peut-être à s'adapter plus rapidement.

Mais Anne ne paraît pas enchantée. C'était pourtant son idée.

— Anne, est-ce que je peux te poser une question? demande Marie-Andrée.

— Bien sûr.

— J'aimerais savoir... Euh... Est-ce que ça te dérangerait si je sortais avec Gab?

Intéressée, Jasmine se tourne vers son amie pour observer sa réaction.

Anne reste silencieuse pendant un instant. Puis elle hausse les épaules.

— Pourquoi ça me dérangerait?

Mais elle s'empresse d'ajouter:

— De toute façon, il n'est pas vraiment ton genre.

— Je n'en suis pas si sûre, dit Marie-Andrée. Je voulais seulement m'assurer qu'il n'y avait rien entre Gab et toi avant de…

— On est amis, c'est tout, dit Anne.

— Tu en es certaine?

— Certaine. Gab est un vieil ami de la famille.

Jasmine ne voit pas le visage d'Anne, mais elle a l'impression que cette conversation l'embarrasse. Elle essaie de découvrir pourquoi quand elle se fait soudain asperger de la tête aux pieds par les garçons.

— Hé! attention! s'écrie-t-elle en se levant d'un bond.

— Qu'est-ce qu'on mange pour souper? demande Michaël. On meurt de faim.

— C'était une course formidable, dit Anne. Vous avez été excellents tous les deux. On avait l'impression de regarder les olympiades.

— Tu nages très bien, dit Marie-Andrée en jetant un regard aguichant à Gabriel.

— Qu'est-ce qui s'est passé, Nicolas? demande Jasmine. J'étais certaine que tu gagnerais.

— J'ai eu une crampe et il a fallu que je ralentisse.

— Des excuses, des excuses… dit Gabriel.

— Puisque je te dis que j'ai eu une crampe, répète Nicolas en dévisageant Gabriel d'un air furieux.

— Hé! je plaisantais, c'est tout. C'était une belle course.

Il donne une tape sur l'épaule de Nicolas et lui tend la main. Nicolas la serre, mais Jasmine voit bien qu'il n'est pas content.

* * *

Après que les six amis se sont bourrés de hot-dogs et de salade, Anne entre dans le chalet et en ressort avec une vieille guitare.

— Tu te souviens de ça, Gab? demande-t-elle.

— Ma première guitare! Tu l'as encore!

— Gab me l'a donnée quand j'étais malade, il y a très longtemps, explique Anne. Je n'ai jamais appris à en jouer, mais mon père l'aime bien, lui. Tu veux jouer quelque chose pour nous?

— Oh! je ne sais pas, répond Gab.

— Allez, Gab! insiste Nicolas. On veut t'entendre.

Gabriel hausse les épaules et commence à accorder la guitare. Le soleil va bientôt se coucher; Anne et Marie-Andrée allument des chandelles sur la terrasse.

Gabriel se met à jouer et tout le monde se tait. On ne sait trop comment, mais il parvient à faire de la vraie musique avec le vieil instrument. Puis il commence à chanter d'une voix grave et voilée. «Il a beaucoup de talent, pense Jasmine. Peut-être que Marie-Andrée a raison: ce gars peut tout faire.»

Les chandelles jettent une lueur réconfortante dans l'obscurité naissante. Les arbres ne sont plus que des silhouettes noires qui se découpent sur le ciel mauve. Gabriel joue de vieux succès et tout le monde l'accompagne en chantant. Il y a longtemps que Jasmine s'est sentie aussi heureuse. «C'est bon de se retrouver entre amis, de chanter et de se détendre. » Tout a changé depuis l'arrivée de Gabriel à Belval, et Jasmine se dit que c'est pour le mieux. Gab les force à changer leurs vieilles habitudes en leur faisant vivre de nouvelles expériences, même si certaines d'entre elles sont un peu audacieuses.

Au bout de quelques minutes, Gabriel pose la guitare et s'étire.

— C'est assez pour le moment, dit-il. Ça fait longtemps que je n'ai pas répété.

— Tu joues très bien, dit Marie-Andrée.

— Hé ! fait Nicolas en regardant sa montre. Il faut que je rapporte l'auto chez nous.

Anne rentre la guitare dans le chalet et verrouille la porte.

— Il ne faut pas laisser le moindre déchet, dit-elle. Sinon mes parents vont piquer une crise. Et assurez-vous que le feu est bien éteint.

— Ce n'est pas à Marie-Andrée qu'il faut dire ça, plaisante Nicolas. Tu te rappelles ce qui s'est passé la semaine dernière.

— Ni à Michaël, ajoute Jasmine. Le pyromane de la polyvalente de Belval.

— Très drôle, dit Michaël. Merci de m'y faire penser. La police doit m'attendre chez nous à l'heure qu'il est.

— Oh ! arrête de t'inquiéter ! dit Marie-Andrée.

— Qu'y a-t-il de mal à allumer un tout petit feu ? dit Gabriel.

Il saisit l'une des chandelles sur la table à pique-nique. Jasmine se dit qu'il va souffler dessus pour l'éteindre, mais non ! Horrifiés et fascinés à la fois, Jasmine et ses amis observent Gabriel tandis qu'il approche sa main de la flamme. Le feu lui lèche les doigts, mais Gabriel ne bronche pas.

Chapitre 6

— Qu'est-ce que vous en dites, les filles ? demande Anne. Ça vous tente de magasiner jusqu'à épuisement ?

Assise au comptoir du bar laitier au centre commercial, elle contemple les vitrines, le regard avide.

— Pas moi, répond Jasmine. J'ai déjà beaucoup trop dépensé pour mes vêtements ce mois-ci !

— C'est vrai ? s'étonne Anne. Moi, j'ai la carte de crédit de ma mère. Elle dit que j'ai besoin de nouveaux vêtements.

— J'aimerais bien que ma mère en dise autant, soupire Marie-Andrée.

— Je n'ai plus faim, dit Anne. On sort d'ici.

Jasmine finit sa crème glacée et s'essuie la bouche.

— Je gage qu'il y avait un million de calories là-dedans.

— Qu'est-ce que ça peut bien te faire ? demande Marie-Andrée. Tu n'es pas au régime.

— En tout cas, si je ne veux pas être obligée d'en

suivre un, on ferait mieux d'aller marcher. On va à l'autre étage ?

— D'accord, répond Marie-Andrée. Peut-être qu'on va rencontrer les gars.

— Tu n'as pas assez de les voir tous les jours à l'école ?

— En fait, j'espère avoir l'occasion de reparler à Gab au sujet du morceau qu'il doit composer pour mes exercices.

— Comment ça se passe ? demande Jasmine.

— On n'a pas encore commencé. Il n'a pas pu venir à mon entraînement.

Les filles paient et sortent du bar laitier. C'est jeudi soir et le centre commercial est bondé.

— Même si les gars sont ici, on ne les trouvera jamais, fait remarquer Jasmine.

— Je ne pense pas que Gab soit du genre à flâner au centre commercial, dit Anne.

— Tu as probablement raison, approuve Marie-Andrée. Il a beaucoup mieux à faire.

L'animalerie est le premier magasin en haut de l'escalier. Comme d'habitude, Anne s'arrête devant la vitrine pour admirer les chiens et les chats.

— Oh ! regarde celui-là, Jasmine ! s'écrie-t-elle en désignant un chaton blanc. Il ressemble à Prunelle.

Jasmine rit. C'est vrai que le petit chat a quelque chose de Prunelle, son chat persan aux yeux dorés. Dans l'autre vitrine, deux chiots au pelage soyeux s'amusent à se rouler dans le papier journal. Le nez appuyé à la vitre, Jasmine et Anne poussent des oh ! et des ah !

— Vous venez? demande Marie-Andrée. Les magasins ferment dans trente minutes.

— Oh! Marie! proteste Anne. On sait que tu n'aimes pas les animaux mais…

— J'aime les animaux, déclare Marie-Andrée d'un ton impatient. Mais je ne comprends pas pourquoi les gens se sentent obligés de faire des fous d'eux-mêmes en les regardant. Disons que… ce sont les animaux à deux pattes qui m'intéressent, moi…

— Surtout l'un d'eux, lui dit Jasmine pour la taquiner.

— Avez-vous déjà vu des yeux aussi verts? s'exclame Marie-Andrée.

Jasmine jette un coup d'œil sur les chiots dans la vitrine et se rend compte que son amie veut parler de Gabriel.

— Comment tu l'as connu, Anne?

— On était voisins quand on était petits. On est allés à la maternelle ensemble.

— Est-ce qu'il a toujours été aussi aventureux?

— Gab s'attirait souvent des ennuis, si c'est ce que tu veux dire, répond Anne. Sa mère a toujours dit que j'exerçais une bonne influence sur lui.

Elle sourit en évoquant ces souvenirs.

— Mais je n'ai jamais pu l'empêcher de faire quelque chose qu'il avait réellement envie de faire.

— J'ai l'impression que rien ne peut l'arrêter quand il a une idée en tête, approuve Marie-Andrée. Il a l'air d'un gars qui sait exactement ce qu'il veut.

— Tout à fait, dit Anne.

Elle parle avec beaucoup de sérieux et, encore une fois, Jasmine a le sentiment qu'Anne ne leur dit pas tout au sujet de Gabriel.

Les filles continuent à déambuler dans les allées du centre commercial. Dans la vitrine d'un magasin de sport, elles aperçoivent un banc d'exercice et des haltères.

— Gab m'a dit qu'il faisait de l'haltérophilie, dit Marie-Andrée. Ça fait longtemps ? demande-t-elle à Anne.

— Probablement depuis la maternelle, répond Jasmine. Arrête, Marie ! Anne n'est pas la gardienne de Gab, quand même !

— Ça ne me dérange pas, dit Anne. Après tout, c'est moi qui le connais le mieux.

Elle fait une pause avant de continuer.

— Les sports l'ont toujours intéressé. Je crois qu'il a commencé à faire des haltères il y a deux ans.

— Quels autres sports pratiquait-il ? demande Marie-Andrée.

Anne pousse un soupir.

— Je ne me souviens pas de tout. Il faisait partie d'une ligue de baseball. Il a joué au soccer et au basket, aussi.

— Je gage qu'il était bon dans tout !

— C'est un athlète né, dit Anne.

— Quand il a fait la course avec Nicolas, poursuit Marie-Andrée, je n'en revenais pas de voir comme il nageait vite. Après tout, Nicolas est un excellent nageur. C'est tout un exploit pour Gab de l'avoir battu…

— N'oublie pas que Nicolas a eu une crampe, fait remarquer Jasmine.

— C'est ce qu'il dit. Moi, je trouve que ça ressemblait à une excuse. Et toi, pourquoi défends-tu Nicolas ? Ne viens pas me dire que Gab ne t'intéresse pas un tout petit peu ?

Jasmine ne répond pas. En effet, elle est attirée par Gabriel. Très attirée, même. Mais en même temps, elle lui trouve quelque chose de bizarre.

— J'ai été estomaquée de le voir mettre sa main dans le feu, finit-elle par dire.

— C'était *supercool* ! dit Marie-Andrée. Je n'ai jamais vu quelqu'un faire ça avant. Je n'en croyais pas mes yeux !

Elle rit.

— Et tu as vu l'air de Nicolas et de Michaël ? J'ai cru qu'ils allaient crever de jalousie !

— J'avais peur que Michaël veuille l'imiter, dit Jasmine.

— Moi aussi. Hé ! Anne ! Avais-tu déjà vu Gab faire ça avant ?

Anne hausse les épaules.

— Ce n'était pas tout à fait comme ça.

Au lieu d'élaborer, elle traverse brusquement l'allée.

— Je veux entrer dans ce magasin une minute. J'ai besoin d'un chemisier.

Jasmine et Marie-Andrée la suivent à l'intérieur du magasin.

— Ce ne sera pas long, dit Anne avec un petit sourire.

Jasmine a l'impression qu'elle en a assez de répondre aux questions de Marie-Andrée. Pendant qu'Anne regarde les chemisiers, Jasmine fouille dans les foulards de soie. L'anniversaire de sa mère approche et elle veut lui offrir un cadeau. Mais au lieu de se concentrer sur les foulards, elle n'arrête pas de penser au pique-nique et à tout ce qui s'est passé avec Gabriel, depuis le moment où il a convaincu Michaël de mettre le feu à l'école jusqu'à l'épisode de la chandelle. Ça devait sûrement faire mal. Qu'essayait-il de prouver? Et à qui voulait-il prouver quelque chose?

Jasmine finit par dénicher un foulard dans les tons de mauve et de rose, les couleurs préférées de sa mère. Elle se retourne pour le montrer aux filles, mais elle ne les voit nulle part. «Elles sont probablement dans les cabines d'essayage», se dit-elle. Elle met de côté le foulard mauve et continue à regarder les autres.

Tout à coup, un cri strident résonne dans le magasin.

— Non! hurle une voix paniquée. Va-t'en! Laisse-moi tranquille!

Jasmine reste figée.

Cette voix angoissée… c'est celle d'Anne.

Chapitre 7

Jasmine laisse tomber le foulard mauve et court à toutes jambes vers l'arrière du magasin. En entrant dans la salle des cabines d'essayage, elle fonce sur Marie-Andrée.

— As-tu entendu ça ? demande-t-elle.

— Et comment ! répond Marie-Andrée. C'est après moi qu'elle criait !

— Quoi ?

Jasmine dévisage son amie sans comprendre.

— Qu'est-ce qui s'est passé ?

— C'est à elle qu'il faut poser la question, répond Marie-Andrée en haussant les épaules. Tout ce que je sais, c'est que j'ai voulu essayer ça.

Elle montre le tee-shirt vert lime qu'elle tient à la main.

— Je suis entrée dans une cabine que je croyais vide, mais Anne était là.

— Qu'est-ce qu'elle avait à hurler comme ça ?

— Je ne sais pas. Elle était furieuse. Le pire, c'est qu'elle n'était même pas déshabillée. Elle déboutonnait un des chemisiers qu'elle a essayés.

Jasmine fronce les sourcils.

— Tu sais comme elle est timide, dit-elle au bout d'un moment. À l'école, elle se change toujours dans une cabine au cours d'éducation physique.

— Je sais, je sais. Mais quand même !

— Je ferais peut-être mieux d'aller voir si ça va.

— À ta place, je l'attendrais ici, dit Marie-Andrée. Moi, je veux essayer ce tee-shirt. Tiens mon sac, d'accord ?

Marie-Andrée entre dans une cabine pendant que Jasmine attend dans le couloir. « Mais qu'est-ce qui lui a pris ? » se demande-t-elle en pensant à Anne.

Marie-Andrée sort de la cabine.

— Meilleure chance la prochaine fois.

Jasmine l'écoute d'une oreille distraite. « Mais que fait Anne ? se demande-t-elle. Peut-être que je devrais aller jeter un coup d'œil… »

À cet instant, Anne sort de la cabine, plusieurs chemisiers à la main. Dès qu'elle aperçoit ses amies, elle sourit d'un air penaud.

— Excuse-moi, Marie, dit-elle. Je ne t'ai pas reconnue quand tu es entrée dans la cabine.

— Tu ne m'as pas reconnue ? répète Marie-Andrée, incrédule.

— J'avais la tête ailleurs. Je ne m'attendais pas à voir entrer quelqu'un.

— Ce n'est pas grave, dit Jasmine.

Mais elle n'en est pas aussi sûre.

Elle entend encore le cri d'Anne. Un cri de pure terreur.

Inconsciemment, Marie-Andrée a dû faire ou dire quelque chose qui a effrayé Anne.

Mais quoi?

* * *

En garant l'auto dans l'allée, Jasmine constate qu'avec tout ça, elle a oublié d'acheter le foulard mauve. Et l'anniversaire de sa mère est dans quelques jours à peine… Celle-ci prétend qu'elle a tout ce dont elle a besoin, mais Jasmine tient à lui offrir un petit quelque chose.

Peut-être qu'elle trouvera une autre idée en jasant quelques minutes avec ses parents.

Elle entre dans la cuisine et se verse un verre de *ginger ale*. Puis elle se dirige vers le salon d'où lui parvient le bruit de la télévision. Ses parents sont assis sur le canapé tandis que Prunelle fait sa toilette, installée dans un fauteuil.

Jasmine sourit intérieurement en voyant que ses parents se tiennent la main. Ça l'embarrasse un peu, mais elle trouve ça mignon quand même. Ils sont mariés depuis plus de vingt ans et ils sont toujours aussi amoureux.

— Bonsoir! dit-elle.

— Bonsoir, ma belle, dit sa mère. Comment c'était le magasinage?

— Tu vas être contente. Je n'ai rien acheté.

Jasmine saisit Prunelle et s'assoit dans le fauteuil.

— On regarde un reportage sur la forêt amazonienne, dit son père. Prunelle a l'air très intéressée.

— C'est vrai, Prunelle ? dit Jasmine.

Elle lève les yeux vers le téléviseur. Des images de la forêt dense et verte emplissent l'écran, accompagnées de la voix sérieuse du narrateur.

— Regarde, Prunelle, dit Jasmine à sa chatte. Voilà un de tes cousins. C'est un ocelot.

Prunelle gigote tandis que Jasmine essaie de lui tourner la tête vers l'écran.

— Ah ! les chats persans ! dit Jasmine d'un ton faussement dégoûté. Ils n'ont aucun intérêt pour la culture.

— Bruno a téléphoné pendant que tu étais sortie, dit la mère de Jasmine. Il songe à venir nous présenter sa petite amie pendant la semaine de relâche.

— Ah bon ?

Bruno est le frère aîné de Jasmine. Il poursuit ses études à l'extérieur de la ville depuis trois ans. Il ne lui manque pas vraiment et on ne peut pas dire que la perspective de rencontrer sa petite amie l'enchante…

— Il a demandé de tes nouvelles, ajoute son père. On lui a dit que tu avais d'excellents résultats à l'école.

— Il a sûrement été très ému d'entendre ça. Au fait, il faut que j'aille relire un travail que je dois remettre demain. Bonne nuit ! dit-elle en déposant un baiser sur la joue de ses parents.

Jasmine a déjà relu son travail cet après-midi, mais elle a envie d'être seule. L'incident de la cabine d'essayage l'a troublée.

Elle prépare son sac pour le lendemain, met sa chemise de nuit et va se démaquiller. Elle s'applique à tresser ses longs cheveux quand le téléphone sonne.

— Allô?

Elle jette un regard sur son radio-réveil près du lit. Il est presque vingt-trois heures.

— Jasmine? dit une voix qu'elle a du mal à identifier. J'espère que tu ne dormais pas.

— Non, pas encore, dit-elle, ennuyée. Qui parle?

— C'est Gab.

Elle reste muette. Son cœur se met à battre comme un fou.

— Jasmine? Tu es là?

— Je suis là. Salut, Gab! Ça va? demande-t-elle d'un ton aussi détaché que possible.

— Ça va. J'ai été bien occupé depuis deux jours et on ne s'est pas vus beaucoup. Et toi, quoi de neuf?

— Pas grand-chose. C'est le train-train: l'école, l'entraînement de gymnastique, le magasinage. Mais tu étais là à midi quand j'ai parlé d'aller au centre commercial avec Anne et Marie-Andrée.

— Je suppose que j'étais distrait. De toute façon, je voulais te parler en privé.

— À propos de quoi?

— Oh! de choses...

51

Elle imagine son sourire en coin.

— Quel genre de choses?

— De Belval, par exemple. Tu n'arrêtes pas de dire que c'est une ville formidable.

— Mais c'est vrai. Et alors?

— J'ai pensé que tu voudrais peut-être me faire visiter la ville.

— Bien sûr, dit Jasmine. Quand tu voudras. On peut emprunter la voiture du père de Nicolas et...

— Pas avec les autres, dit Gabriel. Juste toi et moi. Tu comprends?

— Ah! fait Jasmine en constatant qu'il s'agit d'une invitation.

— En fin de semaine, ça irait? Samedi soir?

— Euh... Il va falloir que j'y pense.

— Qu'est-ce qu'il y a? Tu as peur que je fasse des folies?

Jasmine est trop surprise pour répondre. C'est vrai qu'elle a un peu peur de ce qu'il pourrait faire.

Gabriel rit.

— Ne t'inquiète pas. Je ne fais jamais rien sans avoir une bonne raison.

— Qu'est-ce que tu veux dire? demande Jasmine, désorientée.

— Laisse tomber, dit Gabriel avec plus de sérieux. Ce qu'on ne sait pas, ça ne fait pas mal. Alors, ça va pour samedi soir? À moins que tu préfères vendredi?

— Non. Ça ira pour samedi, dit Jasmine en se décidant.

— Parfait! Trouve ce qu'il y de plus intéressant à faire à Belval le samedi soir. Je serai chez toi à dix-neuf heures.

La voix de Gab résonne dans sa tête longtemps après qu'elle a raccroché. Jasmine est impatiente de sortir avec lui. Elle se sent attirée par Gabriel depuis le jour où elle a fait sa connaissance.

En revanche, elle est un peu nerveuse. D'abord, Marie-Andrée a clairement laissé voir qu'elle n'était pas insensible au charme de Gabriel. Qu'est-ce qu'elle dira si elle découvre que Jasmine est sortie avec lui?

De plus, Gabriel est tellement imprévisible…

Qu'a-t-il voulu insinuer en disant que ce qu'on ne sait pas nc nous fait pas mal?

Qu'est-ce qu'elle ne sait pas?

Et comment cela pourrait-il lui faire du mal?

Chapitre 8

— À votre gauche, vous apercevez le magnifique centre commercial, avec ses chasseurs d'aubaines et autres animaux exotiques. Un peu plus loin, à votre droite, se trouve la légendaire station-service, ouverte sept jours sur sept...

Michaël parle d'une voix aiguë et nasillarde. Jasmine ne peut s'empêcher de rire devant son imitation d'un guide touristique blasé.

— Derrière nous, commence Nicolas en y allant de sa propre imitation, se trouve madame Cormier, la conductrice la plus lente en Amérique du Nord. À gauche...

Il lève la main pour désigner quelque chose et l'auto change brusquement de voie.

— Nicolas, regarde où tu vas ! s'écrie Jasmine.

De chaque côté d'elle sur la banquette arrière, Marie-Andrée et Anne rient aussi.

— O.K., les filles ! Qu'est-ce que vous voulez voir, maintenant ? demande Michaël en se tournant vers elles.

Gabriel, la tête appuyée contre la vitre, a l'air de dormir.

— Demande à Gab, répond Marie-Andrée. Nous, on est tous d'ici. Gab?

Gabriel s'étire et bâille bruyamment.

— Voyons... J'ai vu la rue Principale, le lac, le centre commercial, la station-service. Je ne sais pas si je pourrai tenir le coup encore longtemps devant tant de merveilles.

— Oh! arrête, Gab! dit Anne avec impatience. C'était ton idée de faire un tour en auto, au cas où tu l'aurais oublié.

— O.K., O.K., admet Gabriel. Il faut bien que j'arrive à me retrouver dans cette ville. Et cette rue dont vous m'avez parlé? La rue Pétrin? On n'est pas passés par là quand on est allés au chalet d'Anne. On a fait un détour.

— Rue Pétrin, nous voici! dit Nicolas en donnant un coup de volant.

Tandis que la voiture s'engage sur la route du Vieux-Moulin en direction de la rue Pétrin, Jasmine sent un frisson d'émoi lui parcourir le dos.

— Tu es certain d'être prêt, Gab? plaisante Michaël. On parle de choses graves, tu sais. De fantômes, d'esprits maléfiques, de vampires...

— Amenez-en! dit Gabriel.

Il baisse la vitre et passe la tête dehors.

— Amenez-en! Je suis prêt! hurle-t-il.

Marie-Andrée rit aux éclats, les yeux rivés sur Gabriel.

Au bout de quelques minutes, les lampadaires se font plus rares. Nicolas tourne au coin de la rue Pétrin et ralentit.

— Voilà, dit Michaël en reprenant la voix monotone du guide. Rue Pétrin. Dernier arrêt.

— C'est ça ? demande Gabriel. C'est ça, votre fameuse rue hantée ?

— Il ne faut pas se fier aux apparences, dit Michaël. Tu vois cette maison de l'autre côté de la rue ? Celle avec les volets verts ?

— Oui.

— Il y a deux ans, la police a retrouvé six squelettes humains enterrés dans le jardin.

— Là-bas, ce sont les ruines du vieux manoir de Simon Pétrin, dit Marie-Andrée.

— Je suis terrifié, dit Gabriel à la blague.

— Tu vois comme c'est noir de l'autre côté du cimetière ? demande Anne. L'an dernier, une maison a brûlé pendant un *party* d'halloween. Tout le monde a failli y passer.

— Deux de mes amies ont été poursuivies par un fou armé d'une scie à chaîne dans la maison du coin, ajoute Jasmine.

— Je connais une fille dont les parents ont disparu dans cette rue, dit Nicolas.

Tout le monde parle en même temps et évoque les horribles tragédies qui se sont déroulées dans cette rue.

Gabriel finit par se boucher les oreilles et se met à rire.

— Arrêtez ! Je suis mort de peur !

— Mais c'est la vérité ! s'écrie Marie-Andrée. Tout ce qu'on t'a raconté s'est passé pour vrai !

— Peut-être bien, dit Gabriel. Mais ce ne sont que de vieilles maisons. Je veux voir quelque chose de terrifiant.

— On pourrait aller faire un tour au cimetière, propose Michaël en hésitant.

— Ça, ce serait impressionnant ! dit Marie-Andrée. Je n'y suis jamais allée le soir !

— Je n'y suis jamais allée du tout, avoue Anne d'une petite voix. Es-tu certain qu'il n'y a pas de danger, Michaël ?

— Nous sommes six, non ? répond celui-ci.

— Ça n'arrêtera pas les morts vivants, dit Nicolas en faisant son imitation de Dracula.

— Les quoi ? demande Gabriel.

— Les morts vivants, répète Jasmine. De temps en temps, ils sortent de leurs tombes et errent dans la forêt.

— Il faut que je voie ça !

Gabriel se retourne sur la banquette avant.

— Vous ne croyez pas vraiment à ces histoires, hein ?

— En ce qui concerne les morts vivants, je ne sais pas trop, admet Jasmine. Mais cette rue me donne la chair de poule.

— Allons faire un tour au cimetière ! dit Gabriel.

— Terminus ! dit Nicolas en coupant le contact au bout de la rue.

— Avez-vous une lampe de poche? demande Anne avec nervosité.

— Non, répond Nicolas. Mais on n'en aura pas besoin. Regarde comme la lune brille.

— C'est à la pleine lune que les morts vivants se manifestent, fait remarquer Marie-Andrée.

Les six amis descendent de l'auto et se dirigent vers le cimetière. Jasmine s'arrête et inspire profondément. «Ça sent le printemps», se dit-elle. Et pendant un moment, le cimetière ressemble à n'importe quel autre parc de Belval.

Alors pourquoi cette nervosité? Pourquoi at-elle le pressentiment qu'il va se passer quelque chose de grave?

Les autres suivent Gabriel vers la grille.

— Hou hou! Les morts vivants! s'écrie-t-il. Sortez de votre cachette!

Il soulève le loquet de la grille qui s'ouvre toute grande avec un grincement aigu. Le cimetière n'est qu'un enchevêtrement de mauvaises herbes qui entoure les ruines des vieilles pierres tombales couvertes de mousse.

— La ville ne consacre pas un gros budget à l'entretien, on dirait, observe Gabriel.

— Personne n'a été enterré ici depuis des années, dit Jasmine. Regarde les pierres tombales. Certaines d'entre elles sont très anciennes.

Gabriel se penche et enlève la mousse qui recouvre une pierre haute et étroite. Il n'a aucune difficulté à lire l'inscription au clair de lune.

— Dolbec… 1847, lit-il. Pas mal ancien, en effet.

— Hé ! regardez celle-ci ! s'écrie Marie-Andrée.

Jasmine jette un coup d'œil par-dessus l'épaule de son amie.

— Edmond Dulude, né en 1802. Pendu en 1820.

— Il n'était pas beaucoup plus âgé que nous, fait remarquer Marie-Andrée.

— Je me demande ce qu'il avait fait, dit Nicolas.

— La justice était beaucoup plus sévère dans ce temps-là, dit Michaël.

— On t'aurait probablement exécuté pour avoir mis le feu aux toilettes des gars, lance Marie-Andrée pour le taquiner.

— Pour ça, il aurait d'abord fallu qu'on m'attrape, réplique Michaël avec calme.

Une semaine s'est écoulée depuis l'incident. Michaël a cessé de s'inquiéter.

— Au fait, dit Gabriel en se redressant et en se frottant les mains, tu n'as pas encore allumé de feu, Nicolas.

— Quoi ?

Nicolas reste bouche bée.

— De quoi tu parles ?

— Il a raison, approuve Michaël. C'est ton tour, mon vieux.

— Laissez-moi tranquille, dit Nicolas. Allumer des feux, c'est stupide et dangereux.

— Et amusant, ajoute Michaël.

Jasmine est certaine que les gars veulent seulement taquiner Nicolas, mais elle se rappelle comme tout s'est déroulé rapidement à la cafétéria.

— Allez, les gars, dit-elle. Il commence à faire froid. Partons.

Aucun des garçons ne lui prête attention. Anne se tient à côté de Jasmine et ne dit rien, mais ses yeux sont agrandis de frayeur.

— Michaël a allumé un feu, continue Gabriel. Il a prouvé qu'il avait du cran.

— Tant mieux pour lui, dit Nicolas. Moi, je n'ai rien à prouver.

— Peut-être que tu as peur, lâche Gabriel.

Pendant un instant, personne ne dit un mot. «Gabriel est allé trop loin», pense Jasmine. Mais Nicolas se contente de prendre une grande inspiration.

— Allez, dit-il en s'éloignant. On s'en va.

— Attends! dit Gabriel.

Nicolas se retourne avec prudence.

— Tu as peut-être raison, poursuit Gabriel avec une gentillesse exagérée. Ce n'est pas ton tour encore. C'est le mien...

Il balaie le cimetière du regard.

— Gab... commence Jasmine. Je t'en prie. Remontons tous dans l'auto.

— Ne t'en fais pas, Jasmine, dit Gabriel qui se tourne vers elle en souriant. Un petit feu ne peut pas faire beaucoup de dommages. C'est complètement désert ici.

Il laisse échapper un rire étrange et diabolique.

— Tu vois cette cabane là-bas ? demande Michaël en désignant la petite construction de bois.

— On dirait une vieille cabane de jardinier, dit Marie-Andrée d'un ton fébrile.

— Si on se fie aux apparences, elle n'a pas été utilisée depuis très longtemps, déclare Gabriel. Je rendrais probablement service à la municipalité en la faisant disparaître.

Il ouvre la porte et regarde à l'intérieur.

— Parfait, dit-il. C'est plein de vieux bouts de branches et de chiffons. Ça devrait bien brûler.

Il se penche et pousse les objets au centre de la petite cabane. Il fouille ensuite dans sa poche d'où il retire un briquet.

— Hé ! dit Nicolas, affolé. Tu n'as pas vraiment l'intention de faire ça ?

— Tu crois ? demande Gabriel.

Il allume le briquet.

— Regarde-moi bien aller.

Chapitre 9

Gabriel reste immobile pendant un instant. La flamme du briquet éclaire son visage. Imperturbable, il a toujours son sourire en coin.

Jasmine lance un bref regard aux autres. Bouche bée, Marie-Andrée et Michaël fixent Gabriel avec une lueur d'excitation dans les yeux. Anne aussi a les yeux brillants, mais Jasmine ne peut pas dire si elle est fascinée ou effrayée. Seul Nicolas manifeste son désaccord en secouant la tête et en tournant le dos à Gabriel.

Quant à Jasmine, elle ne sait pas trop ce qu'elle doit penser. Elle se sent solidaire de Nicolas et trouve le feu dangereux. Mais d'un autre côté, elle est impatiente de voir si Gabriel aura le courage de passer à l'acte.

Gabriel avance lentement, se penche et allume les débris au centre de la cabane. Le tas s'embrase instantanément et Gabriel recule d'un bond.

— Eh ! fait-il. C'était plus que sec !

— On ferait mieux de sortir d'ici ! dit Michaël. Ça va flamber.

— Oui, dit Gabriel. Venez !

Suivi du reste de la bande, il traverse le cimetière et retourne à la voiture en riant comme un fou.

— C'était impressionnant ! dit Michaël en se retournant pour regarder le brasier qu'est devenue la cabane.

— Je ne pensais pas que tu le ferais, dit Marie-Andrée en posant sa main sur le bras de Gabriel. J'aurais dû me douter que ce n'est pas ton genre de te défiler.

— Tu aurais dû, oui, dit Gabriel.

Il se tourne vers Nicolas.

— Maintenant, mon vieux, c'est vraiment ton tour !

* * *

Ils restent là pendant quelques minutes à contempler les flammes de l'autre côté du mur du cimetière. Jasmine se surprend à penser que ce n'est pas bien grave. Comme Gabriel l'a mentionné, personne n'a été blessé. Quant à la cabane, elle était si vieille que ce ne sera pas une grosse perte.

Même Anne semble relativement calme malgré ce qui vient de se passer.

Il n'y a que Nicolas qui a l'air tendu. Il se tient à l'écart, tournant le dos au cimetière, les mains enfouies dans ses poches. Jasmine est sur le point d'aller le rejoindre quand une sirène se met à hurler.

— Oh ! oh ! fait Marie-Andrée. Quelqu'un a appelé les pompiers.

— Dommage, dit Gabriel. Hé! Nicolas! Il va falloir croiser les voitures de pompiers. À moins que tu sois trop peureux pour ça aussi.

Nicolas fait comme s'il n'avait rien entendu et il se dirige vers la voiture.

Le bruit de la sirène s'intensifie. Les six amis montent dans l'auto à toute vitesse. Jasmine se retrouve à l'avant entre Nicolas et Michaël, tandis que Gabriel est assis à l'arrière entre Marie-Andrée et Anne.

— Conduis prudemment, Nicolas, dit Gabriel d'un ton railleur lorsque la voiture démarre. Ce n'est pas le moment d'attraper une contravention.

Tout le monde éclate de rire, sauf Nicolas. Jasmine trouve que Gabriel y va un peu fort. Il ne se rend pas compte que Nicolas est très sensible. «Si seulement je pouvais parler à Gab seul à seul, pense-t-elle. Peut-être demain, quand on sortira.»

Elle n'a encore parlé à personne de son rendez-vous avec Gabriel samedi soir et elle se demande si Gab y fera allusion.

— Les voilà! s'écrie Michaël qui jubile.

Nicolas se range sur le côté pour laisser passer les voitures de pompiers; leur sirène stridente résonne dans le silence de la rue Pétrin.

— Je n'ai toujours pas vu de morts vivants, gémit Gabriel.

— Ils ont probablement eu peur de toi, dit Michaël.

— Ça se pourrait, dit Gabriel.

— Ne parle pas trop vite, le prévient Anne. Ils t'ont peut-être jeté un sort.

— Maintenant que j'y pense, dit Gabriel, je me suis égratigné la main en empilant le bois et les chiffons dans la cabane. Tu crois que c'est le sort qu'ils m'ont jeté ?

— Laisse-moi te baiser la main pour conjurer le mauvais sort, dit Marie-Andrée.

Pendant que les autres sifflent et se tordent de rire, elle prend la main de Gabriel dans les siennes et la porte à sa bouche.

« Qu'est-ce qu'elle dirait si elle savait que Gab m'a invitée ? » se demande Jasmine.

— Hé ! Marie ! Tu n'as jamais fait ça pour nous, lance Michaël pour la taquiner.

Tout le monde rit. Jasmine n'a jamais vu Marie-Andrée aussi provocante.

— Dis-moi, Gab, commence Marie-Andrée d'une voix rauque, quand viendras-tu à mon entraînement de gymnastique ?

— Je n'ai pas eu le temps cette semaine, répond celui-ci.

— Samedi soir, peut-être ? propose Marie-Andrée.

— Je ne peux pas samedi, dit-il comme si de rien n'était. Jeudi prochain, peut-être ?

— Parfait.

Nicolas tourne sur la route du Vieux-Moulin. Il fait jouer une cassette de musique *heavy metal* et monte le volume au maximum. Pendant quelques minutes, personne ne parle. La musique résonne dans la vieille familiale. Jasmine ferme les yeux et goûte la fraîcheur du vent sur son visage.

Nicolas finit par arrêter la cassette.

— Qu'est-ce qu'on fait, maintenant? demande-t-il à l'approche d'un carrefour.

— On peut encore aller au cinéma, dit Jasmine. Ou manger une pizza…

Personne ne parle. Michaël la pousse du coude et désigne le rétroviseur.

Lorsque Jasmine lève les yeux, elle a le souffle coupé. Dans le rétroviseur, elle aperçoit le reflet de Gabriel et de Marie-Andrée qui s'embrassent passionnément.

Chapitre 10

La musique du générique de la fin commence; Marie-Andrée éteint la télévision et fait rembobiner la cassette.

— C'était un superbon film! dit-elle. Ce gars, le cycliste aux cheveux blonds... Il est pas mal, hein?

— Pas mal, approuve Jasmine. Mais il était un peu trop casse-cou à mon goût.

— Moi, c'est ce qui me plaît chez un gars, dit Marie-Andrée.

Elle se tourne vers Anne qui est pelotonnée dans un fauteuil.

— Anne? Comment as-tu trouvé le film?

Anne hausse les épaules.

— C'était bon.

Elle n'a presque pas dit un mot de la soirée.

Jasmine promène son regard sur la chambre de Marie-Andrée. La pièce est petite, mais elle a tout ce dont une adolescente peut rêver: téléviseur, vidéo-cassette, lecteur de disques compacts. La cassette est rembobinée et l'appareil s'arrête avec un clic.

— Qu'est-ce que vous voulez regarder maintenant? demande Marie-Andrée.

— Qu'est-ce que tu as à nous proposer? demande Jasmine.

— Une comédie stupide et un film d'aventures stupide. Les titres ne me disent rien du tout. C'est mon père qui les a loués.

— Je vote pour la comédie stupide, dit Jasmine. Et toi, Anne?

— Ça ne me dérange pas, répond-elle.

— Hé! mademoiselle Enthousiasme! dit Marie-Andrée. Si j'avais su que tu serais aussi dynamique, j'aurais invité un bol de gruau à ta place!

— Excuse-moi.

Elle s'enfonce encore plus profondément dans le fauteuil.

Un silence gêné s'installe.

— O.K., dit Marie-Andrée. On oublie les films et on écoute de la musique. J'ai des nouveaux disques.

— Bonne idée, dit Jasmine.

Marie-Andrée se lève d'un bond et insère un disque compact dans l'appareil.

— Ton père est gentil de nous laisser dormir ici, fait remarquer Jasmine.

— Il m'a seulement fait promettre qu'il n'y aurait pas, tenez-vous bien, «de bavardages et de gloussements».

Les trois amies se mettent à rire.

La mère de Marie-Andrée est en voyage d'affaires pour une semaine. Quant à son père, Jasmine est persuadée que Marie-Andrée le mène par le bout du nez.

— J'allais oublier. Il faut que je vous montre ce que mon père m'a offert, avec un peu d'avance, à l'occasion de ma fête. Vous n'en reviendrez pas.

Marie-Andréc se dirige vers son bureau et désigne un ordinateur portatif tout neuf.

— *Wow!* s'exclame Jasmine. Il est tout petit!

— Mais il est puissant. Mon père espère que ça va m'aider à avoir de meilleures notes.

— Allume-le, dit Anne. Montre-nous comment tu imprimes.

Marie-Andrée s'exécute et insère une disquette.

— Qu'est-ce que je vais écrire? demande-t-elle.

— N'importe quoi, répond Jasmine.

— Un poème, suggère Anne.

— Un poème? Après tout, pourquoi pas?

Marie-Andrée réfléchit pendant un instant et commence à appuyer sur les touches. Instantanément, l'imprimante se met en marche et produit un court message à l'encre bleu pâle.

J'espère que vous ne me traiterez pas de menteuse
Mais quand Gab joue avec le feu, je me sens
amoureuse.

— Bleu pâle? s'étonne Jasmine.

— Mon père a acheté une cartouche bleu pâle par erreur. Il m'a proposé d'aller l'échanger, mais moi, j'aime bien le résultat. Et vous ?

— C'est différent, répond Jasmine. Quant à ton poème…

— Hé ! à quoi tu t'attendais ? Je ne suis pas poète. Mais c'est vrai que les ordinateurs rendent les gens plus créatifs.

— Tu n'es pas sérieuse ? demande soudain Anne.

— À propos de quoi ?

— De ce que tu as dit dans ton poème. Le feu…

— Bien… je ne sais pas, répond Marie-Andrée. C'est la première chose qui m'est venue à l'esprit. Faut pas en faire un drame.

— C'est pas mal plus dramatique que tu ne le penses, déclare Anne. Avez-vous lu le journal aujourd'hui ?

— Tu veux parler de l'article concernant les feux ? demande Jasmine.

— C'est dans le journal d'aujourd'hui ? Je ne l'ai pas lu, dit Marie-Andrée.

— Il y a un article au sujet de la hausse des incendies criminels à Belval, explique Jasmine. On y parle des feux qu'il y a eu à l'école et au cimetière.

— Super ! s'écrie Marie-Andrée dont le visage rougit de fierté. On a réussi à faire parler de nous dans le journal !

— Heureusement, continue Jasmine, la police ne soupçonne personne pour l'instant.

— Je me demande si les gars le savent, dit Marie-Andrée.

— Gab est au courant, dit Anne.

Sa voix trahit son inquiétude.

— C'est lui qui m'a montré l'article.

— Qu'est-ce qu'il en pense ? demande Marie-Andrée.

— Il a réagi comme toi ! lance Anne d'un ton furieux. Il considère ça comme une sorte de jeu. Mais ça n'en est pas un ! Quelqu'un pourrait avoir des ennuis… ou se blesser.

Jasmine et Marie-Andrée dévisagent Anne. Jasmine savait que son amie avait peur du feu, mais ce n'est que maintenant qu'elle comprend qu'il s'agit plutôt d'une véritable phobie.

— Il faut que ça cesse, continue Anne.

— Autrement dit, commence Marie-Andrée avec ironie, rien que parce que la douce petite Anne n'aime pas le feu, on devrait tous arrêter de s'amuser ?

— Marie, il y a bien d'autres façons de s'amuser, réplique Anne. Pas besoin d'allumer des feux.

— Peut-être. Mais je ne sais pas qui t'a dit que tu pouvais nous dicter notre conduite.

— Voyons, les filles !

Jasmine écoute ses amies se disputer avec une inquiétude grandissante. Elle doit admettre que les feux l'ont excitée, elle aussi, mais elle est du même avis qu'Anne.

— Anne a raison, Marie, dit-elle pour la calmer. Tout ça pourrait finir très mal.

— Bravo ! dit Marie-Andrée. Tu es de son côté, maintenant !

— Je ne suis du côté de personne. On est amies depuis longtemps et je ne veux pas que ça change. Mais je pense que c'est devenu une sorte de compétition entre les gars.

— Tu veux dire que Gab est le seul qui n'est pas une poule mouillée.

— Gab prend cette histoire trop au sérieux, dit Jasmine. Les autres gars aussi. Voilà le problème. On devrait leur dire d'arrêter.

— Ils t'écouteront, toi, dit Anne.

— Je ne sais pas, dit Marie-Andrée.

Elle a commencé à appliquer du vernis sur ses ongles et toute cette discussion semble l'ennuyer.

Jasmine tente de trouver un autre argument lorsque le téléphone sonne.

— Pouvez-vous répondre ? demande Marie-Andrée.

Elle tient ses mains devant son visage et souffle sur ses ongles pour les faire sécher.

Jasmine décroche.

— Allô ?

— Marie-Andrée Huard ? demande une voix bourrue.

— Elle est occupée, dit Jasmine. Est-ce que je peux prendre le message ?

— Dites-lui que c'est le lieutenant Lincourt de la Sûreté municipale de Belval. J'aimerais lui poser quelques questions à propos de ce que nous soupçonnons être un incendie criminel.

Chapitre 11

Pendant un instant, Jasmine a l'impression que son cœur s'est arrêté.

«On est cuits!» pense-t-elle.

— Jasmine? Qu'est-ce qu'il y a?

Anne la regarde fixement, alarmée.

Jasmine lui fait signe de se taire.

— Quel est votre nom, déjà? demande-t-elle dans l'espoir d'avoir mal compris.

— Lieutenant Lincourt, répète l'homme. De la Sûreté municipale de Belval.

Sa voix se casse et Jasmine éprouve un soulagement immédiat, soulagement auquel se mêle la colère.

— Michaël! Espèce de porc! crie-t-elle.

— Je ne connais pas de Michaël, dit-il. C'est le lieutenant…

— Je sais que c'est toi! l'interrompt Jasmine. Très drôle!

— Comment se déroule votre « pyjamade » ? demande Nicolas qui utilise l'autre téléphone de Michaël.

— Extraordinairement bien, répond Jasmine. Et si ma mémoire est fidèle, personne ne t'a invité !

Elle raccroche avant que les garçons aient pu ajouter quoi que ce soit.

— Qu'est-ce qu'il voulait ? demande Marie-Andrée en appliquant une autre couche de vernis.

— Il voulait nous montrer à quel point il est brillant, répond Jasmine. Il s'est fait passer pour un lieutenant de police. Le pire, c'est que j'ai marché !

— Quel imbécile ! dit Marie-Andrée.

— Oui, approuve Jasmine, mais ç'aurait pu être vrai. Alors, est-ce qu'on arrête ce jeu stupide ou non ?

Marie-Andrée pousse un soupir.

— Bon, d'accord. Je suppose que ça ne serait pas une mauvaise idée de laisser les choses se tasser un peu, surtout si la police a découvert qu'il s'agit d'incendies criminels.

— Merci mon Dieu ! dit Anne, rayonnante. Merci à vous deux.

Elle étreint brièvement ses deux amies à tour de rôle.

— C'est la meilleure décision qu'on pouvait prendre ! Vous verrez !

Elle s'empare de son sac à dos rose et disparaît dans la salle de bains.

Marie-Andrée hoche la tête.

— Je n'avais pas saisi à quel point Anne a peur du feu.

— Moi non plus, dit Jasmine.

— En fait, c'est difficile de croire qu'elle et Gab sont de si bons amis.

— Pourquoi dis-tu ça?

— Ils sont tellement différents. Et je ne parle pas que du feu. Anne est timide, tandis que Gab est extraverti. Il est beaucoup plus ton genre… ou le mien.

«C'est le moment ou jamais», pense Jasmine.

— Je voulais justement te parler de Gab, commence-t-elle. Je sors avec lui demain soir.

— C'est vrai? dit Marie-Andrée.

Elle n'a pas l'air du tout contrariée.

— C'est très intéressant, car il passera la soirée avec moi jeudi. Il va travailler sa musique pour mes exercices au sol.

— Eh bien! tant mieux.

— Mais je n'ai pas l'intention de m'en tenir au travail.

Elle regarde Jasmine droit dans les yeux et lui adresse un sourire espiègle.

— Amuse-toi bien demain. Mais rappelle-toi que je ne baisse pas les bras. Comme on dit, que la meilleure gagne!

* * *

La lune est presque pleine et un millier d'étoiles scintillent autour d'elle. Une légère brise charrie le parfum des premières fleurs du printemps. Jasmine se dit qu'elle n'a jamais passé une soirée aussi romantique de toute sa vie.

Assis en face d'elle sur une table à pique-nique, Gab chante une ballade en s'accompagnant à la guitare, les yeux fermés. Au clair de lune, Jasmine le trouve encore plus beau. Et ce soir, il n'a rien du Gabriel pyromane.

Avant qu'il vienne la chercher, Jasmine s'est demandé comment il se comporterait devant ses parents. Mais comme dirait sa mère, il s'est conduit en « parfait gentleman ». Il lui a même ouvert la portière !

« Quelle soirée parfaite ! » se dit Jasmine. Pour commencer, le film était captivant ; puis Gabriel a proposé d'aller au parc afin de chanter rien que pour elle. « Je n'oublierai jamais ce premier rendez-vous », pense-t-elle.

Gabriel termine sa chanson et pose sa guitare.

— Il faut encore que je la travaille. Elle te plaît ? demande-t-il en souriant.

— C'est mieux que la plupart des chansons qui jouent à la radio.

Gabriel vient s'asseoir à côté d'elle sur le banc.

— J'ai passé une belle soirée, dit-il.

— Moi aussi.

— Les autres sont O.K., mais j'avais envie d'être seul avec toi.

Jasmine ne sait pas quoi dire. Elle éprouve la même chose, mais elle ne se sent pas le droit de l'avouer. Gabriel lui prend la main tout naturellement.

— Alors ? Comment est la vraie Jasmine Francœur ? demande-t-il avec un sourire mi-moqueur.

— Je suis ce que j'ai l'air d'être !

— Tu as raison. Bien des gens portent des masques ou jouent la comédie mais toi, tu as l'air vraie.

— Et toi ? demande Jasmine. Est-ce que tu portes un masque ?

Gabriel ne répond pas tout de suite.

— Qu'est-ce que tu en penses ? finit-il par demander.

— Je ne sais pas trop. En tout cas, tu n'es pas le même gars quand on est seuls et quand on est avec la bande.

— Tu trouves ? Et lequel préfères-tu ?

— J'aime les deux. Ça me plaît que tu aies toujours envie de faire quelque chose de palpitant. Mais ça me plaît aussi quand tu joues de la musique et qu'on parle tranquillement.

— Alors il faudrait qu'on le fasse plus souvent.

Sans lui lâcher la main, il pose son autre main sur sa nuque et l'attire vers lui. Le cœur de Jasmine bat comme un fou. Aucun garçon ne lui a jamais fait autant d'effet.

— Finalement, je suis content que mes parents aient déménagé à Belval, murmure-t-il.

— Moi aussi, souffle Jasmine.

Gabriel l'embrasse tout doucement.

— Nestor ! crie une voix éraillée. Viens, Nestor !

Une lumière vive les éclaire tout à coup. Jasmine cligne des yeux et détourne la tête.

— Qu'est-ce que vous… Oups !

C'est monsieur Girouard, le propriétaire du restaurant de l'autre côté de la rue. Il éteint sa lampe de poche.

— Excusez-moi de vous déranger. Mon chien s'est enfui. Je suppose que vous ne l'avez pas vu…

Il ricane.

— Non, dit Gabriel.

— Tant pis, dit l'homme. Nestor! appelle-t-il en s'éloignant.

— D'un autre côté, dit Gab en riant, Belval est une ville très étrange.

Jasmine rit aussi. La magie s'est envolée, mais ça n'a pas d'importance.

— Hé! dit Gab en consultant sa montre. Il est plus tard que je le pensais. Je ferais mieux de te reconduire chez toi. Je n'ai pas envie que tes parents m'en veuillent dès le premier rendez-vous.

«Le premier rendez-vous, répète Jasmine intérieurement. Ça veut dire qu'il envisage de sortir encore avec moi.»

Gabriel range sa guitare, soulève l'étui et prend la main de Jasmine. Ils marchent ensemble jusqu'à la sortie du parc.

— Gab, dit Jasmine, il y a une chose dont je voudrais te parler.

Elle hésite avant d'aborder la question des feux, mais c'est pourtant ce que ses amies et elle ont convenu de faire. De plus, elle s'inquiète un peu pour Nicolas.

— Qu'est-ce qu'il y a? demande Gab.

La voiture est garée près de la pizzeria, à deux coins de rue de là.

— C'est à propos des feux, commence Jasmine.

— Oui ?

— Marie-Andrée, Anne et moi, on en a discuté et… Bien, on veut que ça cesse.

— Es-tu sérieuse ?

Gabriel s'immobilise pour la regarder, l'air narquois.

— Pourquoi ?

— Parce que c'est dangereux et criminel, et qu'on a peur que quelqu'un finisse par avoir des ennuis. Nicolas et Michaël prennent cette histoire trop à cœur. Surtout Nicolas.

Gabriel secoue la tête.

— Ce n'est pas vrai, Jasmine, dit-il en lui souriant. C'est toi qui prends ça trop au sérieux. C'est rien qu'un jeu ! Et on ne met pas le feu à tout ce qu'on voit !

— Non, mais…

Jasmine est perplexe.

— Mais rien, dit Gabriel. Si tu t'en fais tant pour les autres gars, demande-leur ce qu'ils en pensent. Ils vont te répondre la même chose que moi. Allez, respire par le nez !

— Tu as peut-être raison.

— Bien sûr que j'ai raison.

Ils se remettent à marcher.

Une fois dans la rue Principale, ils aperçoivent un attroupement devant la pizzeria.

— Je n'ai jamais vu une file d'attente comme

ça, fait remarquer Jasmine. Il doit y avoir une vente de pepperoni, plaisante-t-elle.

Mais à mesure qu'ils approchent, Jasmine constate que les gens n'attendent pas pour entrer à la pizzeria.

— Gab ! Il y a un feu ! C'est une voiture qui brûle !

Gab regarde à son tour.

— Hé ! c'est mon auto ! Tiens ça.

Il lui tend l'étui à guitare et se met à courir à toutes jambes.

— Gab ! crie Jasmine.

Elle court maladroitement derrière lui, tenant toujours l'étui à guitare. La voiture est dévorée par les flammes. Les curieux ont commencé à reculer à cause de la chaleur intense.

— Reviens ! crie quelqu'un. Ça va sauter !

Mais Gabriel fonce vers le brasier.

— Il faut que je fasse quelque chose !

— Gab, non !

Jasmine laisse tomber l'étui et se lance à la poursuite de Gabriel. Quand elle le rattrape, elle le saisit par-derrière. Mais Gab est fort comme un bœuf et il se libère facilement.

— Non ! Arrête, Gab ! Reviens !

Une seconde plus tard, le feu atteint le réservoir à essence. La voiture explose avec un grondement assourdissant.

Chapitre 12

Jasmine est debout parmi la foule derrière une barrière installée par les pompiers. La carcasse calcinée de l'auto continue à flamber et des odeurs de caoutchouc brûlé et d'essence se répandent dans le quartier.

Gabriel a été projeté sur le trottoir au moment de l'explosion. Le visage et les vêtements encore couverts de suie et de cendre, il discute avec le chef des pompiers et deux policiers de l'autre côté de la barrière. Jasmine n'entend pas ce qu'ils disent, mais Gabriel gesticule avec animation, faisant les cent pas et secouant la tête. Elle ne l'a jamais vu aussi furieux.

« Pourquoi a-t-il fallu que ça arrive ? se demande-t-elle. Tout allait si bien. »

Gabriel en a fini avec les policiers et il vient vers Jasmine.

— C'est incroyable ! dit-il. Ils voulaient savoir si c'était moi qui avais mis le feu à l'auto !

— Ils sont probablement obligés de poser ce genre de questions.

— Pourquoi aurais-je fait ça ? Ce n'est même pas ma voiture ! C'est celle de mon père !

— Je suis tellement désolée. Je suis certaine qu'il comprendra que tu n'y es pour rien.

— Il l'avait depuis quelques mois seulement. Et tu sais ce que le chef des pompiers a dit ? Il sera fixé quand il aura pu examiner ce qui reste de l'auto, mais il prétend que c'est un incendie criminel !

— Un incendie criminel !

Jasmine s'efforce d'avoir l'air surprise, mais elle ne l'est pas vraiment.

— Qui aurait pu faire ça ? Et pourquoi ? demande-t-elle.

— Pas besoin de se casser la tête pour savoir pourquoi. Quelqu'un a fait ça par jalousie. Quant à ta première question, j'ai ma petite idée là-dessus…

* * *

Une heure plus tard, Jasmine est assise devant son téléphone, complètement dégoûtée.

— Il faut que ça arrête, dit-elle tout haut.

Dès l'instant où Gabriel lui a dit que la police croyait à un incendie criminel, Jasmine a su qui était le coupable.

Nicolas.

C'est sûrement lui.

C'était son tour, après tout. Gabriel n'a pas cessé de le harceler avec ça.

Pire encore, Gab soupçonne Nicolas, lui aussi.

Anne doit lui avoir raconté qu'il a un faible pour Jasmine. Mais Nicolas peut-il avoir posé un geste aussi grave seulement par jalousie ?

Peut-être que Gabriel l'a vraiment poussé à bout l'autre soir.

De toute façon, Jasmine a décidé d'en avoir le cœur net.

Elle décroche et compose le numéro de Nicolas.

— Allô ? répond-il d'une voix endormie.

— Nicolas, c'est Jasmine.

— Comment ça va ? Quelle heure est-il ?

— Minuit et quart.

Jasmine inspire profondément et se lance.

— Nicolas, comment arrives-tu à dormir après ce que tu as fait ?

— Hein ?

— Je suis au courant de ce que tu as fait ce soir. Pas besoin de jouer les innocents.

— Pourquoi devrais-je jouer les innocents ? demande Nicolas qui semble un peu moins endormi maintenant. J'étais seul chez nous toute la soirée. J'ai regardé *La Mouche*. Le premier et le deuxième.

— Tu as fait autre chose.

— De quoi tu parles ?

Nicolas est complètement dérouté.

— Je sais que c'est toi qui as allumé le feu.

— Quel feu ?

— Tu nies avoir mis le feu à la voiture de Gab ?

— La voiture de Gab a brûlé ?

Il devient brusquement furieux.

— Bien sûr que je le nie ! Comment oses-tu m'accuser ?

— Bien… tout le monde sait que c'était ton tour.

— Toi, tu n'es pas tout le monde ! Je croyais que tu étais mon amie.

— Nicolas, supplie Jasmine, tu peux me le dire. Je t'ai appelé seulement parce que je veux qu'on en finisse avec ces feux.

— Je n'ai pas mis le feu à quoi que ce soit, affirme Nicolas. Et si tu ne me crois pas, tant pis !

Avant qu'elle puisse ajouter quelque chose, Nicolas raccroche.

Maintenant, Jasmine ne s'en fait plus uniquement pour les feux. Elle s'inquiète également pour Nicolas. Ce petit jeu est allé beaucoup trop loin.

Elle jette un coup d'œil à son radio-réveil et décide de téléphoner à Marie-Andrée. Elle ne pourra jamais dormir de toute façon et elle sait que Marie-Andrée se couche très tard.

— Allô ?

— Salut, c'est Jasmine.

— Qu'est-ce que tu fais chez toi si tôt ? s'étonne Marie-Andrée. Je croyais que tu sortais avec Gab ce soir !

— On est sortis, en effet. C'est de ça dont je veux te parler.

— J'espère que tu ne me demanderas pas d'annuler mon rendez-vous avec lui jeudi, dit Marie-Andrée. Parce que c'est non.

— Écoute-moi. Il est arrivé quelque chose de

terrible. Il y a eu un autre feu.

— C'est vrai ? À quoi a-t-il mis le feu cette fois ?

— Ce n'est pas lui qui a fait le coup, répond Jasmine. C'est Nicolas. En tout cas, je le pense. Il a mis le feu à l'auto de Gab. Elle a explosé.

— Hein ?

Marie-Andrée se montre de plus en plus intéressée.

— Ça devait être impressionnant. J'aurais aimé voir ça.

— Ce n'était pas impressionnant. C'était horrible. Gab était tellement en colère que c'est à peine si je pouvais lui adresser la parole. Nicolas refuse d'admettre que c'est lui qui a fait ça et je ne sais plus quoi faire.

— Hé ! calme-toi. Tu as l'air dans tous tes états.

— Oui, je le suis. Marie, il faut qu'on convainque les gars d'arrêter ça.

— Qu'est-ce que tu veux qu'on fasse ? Qu'on les suive partout avec un extincteur ? Remarque bien que je ne détesterais pas suivre Gab partout où il va…

— Sois sérieuse, veux-tu ?

— Je suis sérieuse. Mais je ne crois pas que c'est si grave que ça. C'est malheureux que la voiture de Gab ait brûlé, mais ça s'arrêtera peut-être là. Après tout, les gars ont tous allumé au moins un feu.

— C'est vrai.

— De toute façon, on ne peut rien faire ce soir.

Ce qui m'intéresse, par contre, c'est de savoir comment ça s'est passé avec Gab.

— C'était super ! Encore mieux que ce que j'avais espéré.

— Mais le feu a tout gâché.

— Ouais... avoue Jasmine.

— Dommage... J'aurai peut-être plus de chance jeudi.

— Oui, peut-être. Bon, on se reparle demain.

Après avoir raccroché, Jasmine se sent encore plus déprimée qu'avant. Elle se déshabille, se couche et ferme les yeux. Elle essaie de se rappeler comme c'était merveilleux dans le parc avec Gabriel, mais elle ne revoit que son expression furieuse tandis que sa voiture flambait.

« Qu'est-ce qui se passera quand il sortira avec Marie-Andrée ? se demande-t-elle. Lui chantera-t-il les mêmes chansons qu'à moi ? Lui tiendra-t-il la main et l'embrassera-t-il comme il l'a fait avec moi ?

« Et les feux ? Est-ce qu'ils s'arrêteront comme l'a prédit Marie-Andrée ? »

* * *

Beaucoup plus tard, Jasmine est réveillée par une odeur maintenant familière et terrifiante : celle de la fumée. Le cœur battant, elle se redresse dans son lit. « Non, se dit-elle. Pas ici. C'est impossible. »

L'odeur devient plus âcre et Jasmine se dit qu'elle doit prévenir ses parents. Elle ouvre la bouche pour crier, mais elle est incapable d'émettre un son. C'est comme si elle suffoquait déjà à cause de la fumée.

Jasmine se lève avec difficulté et se dirige vers le couloir en appelant ses parents. Mais sa voix n'est qu'un faible glapissement.

Affolée, elle ouvre la porte de la chambre de ses parents et aperçoit le lit vide.

Non !

Elle est seule.

Seule avec le feu !

Elle se retourne et court dans le couloir. Les flammes rouges et orangées sont visibles en bas. Jasmine descend l'escalier tant bien que mal en cherchant son souffle à chaque pas. Elle a l'impression de peser une tonne.

La lueur rougeoyante du feu émane de la cuisine. À la fois épouvantée et attirée par le feu, Jasmine entre dans la pièce et constate que les flammes sortent du four.

Elle court chercher le seau dans le placard, l'emplit d'eau et le vide sur la cuisinière. Elle le remplit et le vide plusieurs fois jusqu'à ce que le feu soit éteint. La cuisinière est noire de suie.

Terrifiée à l'idée de ce qu'elle va trouver, elle ouvre la porte du four, là où le feu semble avoir commencé.

— Oh non ! Non !

Le petit corps de Prunelle est là, carbonisé.

Chapitre 13

Son propre cri lui résonne dans les oreilles quand elle s'assoit brusquement dans son lit.

C'est un cauchemar. Un cauchemar encore terriblement net dans son esprit.

Prunelle est saine et sauve, pelotonnée à côté d'elle sur les couvertures.

Jasmine serre le petit animal contre elle.

« Je n'arriverai jamais à me rendormir », pense-t-elle. Elle se lève et descend à la cuisine. Aucune trace de feu. Pas la moindre odeur de fumée.

Jasmine ouvre le réfrigérateur et se verse un verre de lait.

« Ce n'était qu'un cauchemar », se répète-t-elle. Pourtant, une partie du cauchemar est réelle.

« Il faut que ça cesse. Il le faut. »

* * *

« Je déteste l'algèbre », pense Jasmine en fixant une page remplie de mystérieux symboles. Elle passera toute la période d'étude à essayer d'y comprendre quelque chose.

— Je déteste ça, lâche-t-elle dans un murmure. Derrière elle, une voix chuchote :

— Qu'est-ce que tu détestes ? demande Nicolas.

C'est la première fois qu'il lui adresse la parole depuis qu'il lui a raccroché au nez.

— L'algèbre, répond Jasmine, surprise et soulagée. Je hais l'algèbre.

— Ce n'est pas si compliqué que ça, dit Nicolas tout bas en se glissant sur la chaise à côté d'elle. Je gage que tu n'as jamais été bonne non plus dans les fractions. Je me trompe ?

— Non, répond Jasmine. Mais qu'est-ce que c'est censé signifier ? Qu'il me manque la partie du cerveau qui comprend les maths ?

— Probablement.

Il lève les yeux et reste silencieux pendant un moment lorsque monsieur Bordeleau, le surveillant, entre dans la classe. Une fois le professeur reparti, il dit tout bas :

— Je peux te montrer un truc à propos des fractions qui te permettra de résoudre les problèmes d'algèbre en un clin d'œil.

— C'est vrai ?

Jasmine ne peut s'empêcher de sourire.

— Permets-moi d'être sceptique. Mais si ça marche, ce serait formidable !

— Ça marche, tu verras. Pourquoi ne viens-tu pas chez moi ce soir ? Je pourrais tout t'expliquer.

Jasmine réfléchit un instant.

— Bien sûr. Pourquoi pas ? Merci, Nicolas.

* * *

En roulant jusque chez Nicolas, Jasmine se sent optimiste. Non seulement va-t-elle faire des progrès en maths, mais elle aura aussi l'occasion de discuter avec Nicolas à propos des feux. Elle lui fera promettre de ne jamais recommencer.

Nicolas l'aime beaucoup et même si c'est lui qui a mis le feu à l'auto de Gabriel, Jasmine est persuadée qu'il l'écoutera.

Elle tourne le coin de la rue dans laquelle habite Nicolas lorsqu'elle voit une voiture qu'elle connaît bien reculer dans l'allée.

C'est la familiale de monsieur Malo. Nicolas conduit et Michaël est assis du côté du passager.

— Hé ! s'écrie-t-elle en baissant la vitre. Hé ! les gars !

Ou ils ne l'entendent pas ou ils font semblant de ne pas la voir, car la familiale s'éloigne en trombe.

Qu'est-ce qui se passe ? Nicolas a-t-il oublié leur rendez-vous ou cherche-t-il à se venger en lui faisant faux bond ?

Elle décide d'en avoir le cœur net et suit la familiale de loin. Au début, elle a peur que les garçons la voient, mais ils paraissent trop occupés à discuter pour porter attention à la voiture derrière eux.

Jasmine continue à les suivre lorsqu'ils s'engagent sur la route du Vieux-Moulin. Au bout d'un moment, Nicolas met son clignotant avant de tourner à droite rue Pétrin.

C'est une soirée nuageuse et le voisinage a l'air

plus désert que jamais. Au coin de la rue, le lampadaire est éteint; d'énormes ombres se forment de chaque côté de la voiture de Jasmine.

« Je n'ai plus besoin de les suivre, maintenant, se dit Jasmine. Je sais où ils vont. »

Mais elle ignore encore pourquoi ils sont là et elle se doute qu'il peut s'agir de quelque chose d'important.

Elle s'arrête le long du trottoir et s'assure que toutes les portières sont verrouillées. Puis elle s'engage dans la rue Pétrin.

Aucun signe de la familiale. C'est comme si les garçons avaient disparu dans un trou noir. Inquiète, Jasmine plisse les yeux pour voir aussi loin que possible au bout de la rue.

« Ils ont dû se garer dans une cour quelque part », pense-t-elle.

En roulant aussi lentement que possible, Jasmine parcourt la rue déserte qui mène au cimetière. Toute seule dans le noir, elle a beaucoup plus peur qu'avec toute la bande, l'autre soir. En se souvenant des histoires atroces qu'ils se sont racontées, elle sent un frisson la secouer.

Elle examine chaque maison, mais ne voit aucune trace des garçons. Il faut bien qu'ils soient quelque part. La rue Pétrin est un cul-de-sac. Il n'y a pas d'autre issue.

Pas d'issue…

« Assez, Jasmine », se sermonne-t-elle.

Elle inspire profondément et continue à avancer.

Tout à coup, le moteur se met à vibrer et cale.

— Ah non ! s'écrie Jasmine, ennuyée.

Elle tourne la clé encore et encore en appuyant sur l'accélérateur, mais rien ne se produit.

Une silhouette traverse soudain une cour en bondissant et disparaît dans la forêt.

« C'est un chien, se dit Jasmine. Rien qu'un chien. »

Elle sent des gouttelettes de sueur qui se forment sur son front.

« C'est ridicule. Je n'ai aucune raison d'avoir peur. L'auto est verrouillée. Je ne suis qu'à un coin de rue de la route du Vieux-Moulin. Si la voiture ne redémarre pas bientôt, je peux marcher jusque-là et téléphoner.

« Je t'en prie, démarre, supplie-t-elle intérieurement en mettant le contact encore une fois.

« J'ai probablement noyé le moteur, pense-t-elle. Je n'ai qu'à attendre quelques minutes et réessayer tantôt. »

Une chauve-souris voltige autour d'un lampadaire et Jasmine sursaute. Maintenant, elle a l'impression que les ombres s'animent. Du coin de l'œil, elle s'imagine voir des choses bouger. Mais quand elle tourne la tête, elle ne voit rien…

…Sauf dans son rétroviseur.

Jasmine lève les yeux et aperçoit une silhouette qui marche vers sa voiture.

Son cœur bat fort quand elle se retourne. Elle ne distingue aucun détail dans l'obscurité, mais il y a bel et bien quelqu'un qui vient dans sa direction.

«Peut-être que c'est quelqu'un qui habite dans le coin et qui fait une promenade.»

Mais dans ce cas, pourquoi cette personne se dirige-t-elle vers sa voiture?

Jasmine tourne la clé frénétiquement et tente de faire démarrer le moteur, mais sans succès.

Un instant plus tard, quelqu'un frappe sur la vitre et Jasmine est aveuglée par une lumière vive.

Chapitre 14

En luttant pour ne pas céder à la panique, Jasmine essaie de réfléchir. L'auto refuse de démarrer, mais Jasmine peut peut-être trouver quelque chose qui lui servira d'arme au besoin.

Elle regarde sur la banquette et par terre, puis elle ouvre la boîte à gants. Elle n'y trouve que le manuel du conducteur et la moitié d'une tablette de chocolat.

Si seulement la lumière n'était pas si éblouissante...

Celui ou celle qui a cogné sur la vitre frappe encore une fois. Pas question de lui ouvrir ! Finalement, Jasmine se décide à baisser la vitre un tout petit peu, juste assez pour pouvoir parler.

— Est-ce que ça va, mademoiselle ? demande l'inconnu.

Il tourne la lampe de poche vers lui et Jasmine constate qu'il s'agit d'un jeune policier.

Elle éprouve un soulagement immédiat.

— Oui, ça va, répond-elle d'une petite voix,

mais ma voiture est en panne et je n'arrive pas à la faire redémarrer.

— Laissez-moi regarder, dit le policier. Pouvez-vous ouvrir le capot?

Jasmine s'exécute. Le policier disparaît derrière le capot. Il revient quelques minutes plus tard.

— Tout semble en bon état. Ça vous ennuierait de déverrouiller la portière?

— Bien…

— Vous faites bien d'être sur vos gardes, dit le jeune officier. Laissez-moi vous montrer ma plaque.

Il fouille dans sa poche et en retire une plaque qu'il glisse dans la fente. Jasmine l'examine attentivement et compare la photo avec le visage de l'homme.

De toute évidence, c'est un policier. Jasmine ne s'est jamais sentie aussi soulagée de toute sa vie. Elle déverrouille la portière et s'assoit du côté du passager lorsque le policier se glisse sur la banquette. Il tourne la clé et, au grand étonnement de Jasmine, l'auto démarre immédiatement.

— Elle ne voulait pas démarrer tout à l'heure. Je vous le jure, dit-elle.

Elle se sent ridicule.

— Vous aviez probablement noyé le moteur. L'essence a eu le temps de s'évaporer pendant que je faisais la vérification.

— Merci beaucoup.

— Ce n'est rien. J'espère que vous arriverez vite

à destination. Ce n'est pas le quartier idéal pour rouler seule.

— Je sais. Merci, monsieur l'agent.

Dans son émoi, Jasmine a presque oublié ce qu'elle fait là. Elle attend que le policier remonte dans sa voiture et s'éloigne avant de repartir à la recherche de Nicolas et de Michaël.

Elle est presque devant le cimetière quand elle repère la familiale dans la cour d'une vieille maison abandonnée, à l'orée du bois.

Elle coupe le contact et surveille la maison pendant quelques minutes. Il faudra bien qu'ils finissent par sortir.

Au bout d'un moment, elle prend une grande inspiration, déverrouille la portière et descend. La soirée est fraîche et Jasmine n'a pas apporté de blouson. Au loin, dans la forêt, un animal hurle.

Frissonnante, Jasmine se dirige vers la maison abandonnée. À mesure qu'elle avance, elle remarque que la plupart des fenêtres sont brisées et que des morceaux de verre dentelé pendent comme des glaçons dans les châssis.

« Mais qu'est-ce qu'ils font ici ? »

Elle entend un bruit sourd provenant de la maison et elle reste figée sur place. Elle s'apprête à continuer lorsqu'un éclair brillant emplit la maison. Aussitôt, le feu éclate.

Grimaçant dans la lumière soudaine, Jasmine aperçoit Nicolas et Michaël qui courent ventre à terre vers la familiale.

Chapitre 15

Sous les yeux horrifiés de Jasmine, le feu s'étend jusqu'à ce que la maison elle-même ressemble à une seule et immense flamme. Jasmine entend le craquement du bois qui brûle et, même dans la rue, elle sent la chaleur du brasier.

À travers la fumée, elle voit la familiale de monsieur Malo sortir de la cour et s'éloigner à toute vitesse. Elle n'arrive pas à distinguer le visage de ses amis, mais elle les imagine en train de rire.

* * *

Jasmine gare la voiture dans le garage, mais elle n'en descend pas. Elle revoit l'image de Nicolas et de Michaël fuyant les lieux du crime…

Après leur départ, Jasmine s'est rendue à la cabine téléphonique la plus proche sur la route du Vieux-Moulin et elle a fait le 9-1-1 pour prévenir les pompiers. Puis elle a roulé au hasard pendant quelques minutes avant de se dire qu'il valait mieux qu'elle rentre chez elle pour réfléchir à tout ça.

Le pire, c'est qu'elle n'a personne à qui se confier. Michaël et Marie-Andrée semblent trouver tout à fait normal d'allumer des feux un peu partout. Anne, elle, s'alarme dès qu'on prononce le mot « feu ». Quant à Nicolas… C'est lui, le problème. Lui qui n'approuvait pas du tout la conduite des autres quelques jours auparavant, voilà qu'il a maintenant allumé deux incendies.

Jasmine verrouille la voiture et entre dans la maison. Elle est seule. Ses parents sont allés jouer aux cartes chez des amis. Elle se verse un verre de jus de tomate et monte dans sa chambre avec Prunelle. Elle décide d'étudier pour se changer les idées.

Mais en ouvrant son livre de maths, elle songe à Nicolas qui a préféré allumer un feu plutôt que de résoudre des problèmes d'algèbre avec elle.

— J'abandonne ! lance-t-elle d'un ton irrité en refermant son manuel.

Elle décide de faire un peu de yoga pour se calmer. Elle allume le petit téléviseur sur le dessus de sa commode, s'assoit sur le tapis et s'étire au son de la musique du bulletin de nouvelles qui commence.

— Le taux de chômage a connu une légère baisse au pays au cours du mois dernier, annonce la présentatrice.

Jasmine se place dans la position de la charrue en écoutant d'une oreille distraite.

— Mais d'abord, un événement tragique. Un sans-abri a perdu la vie ce soir dans un incendie suspect, rue Pétrin, à Belval. Allons tout de suite rejoindre Robert Boissy, qui se trouve sur les lieux du drame.

Jasmine se redresse. Son sang se glace dans ses veines. À l'écran, un séduisant journaliste aux cheveux blonds tient un micro. À l'arrière-plan, on aperçoit les voitures de pompiers et les ruines fumantes d'une maison.

— Merci, Hélène, dit le journaliste. Je me trouve rue Pétrin à Belval où, depuis bientôt une heure, les pompiers combattent un incendie dans une maison abandonnée. Les premiers sapeurs arrivés sur les lieux ont trouvé le corps inerte d'un homme à l'extérieur, tout près de la porte. Malgré leurs efforts, l'homme n'a pu être ranimé et on a constaté son décès à son arrivée à l'hôpital Saint-Marc. La victime aurait succombé à une crise cardiaque. Il s'agirait manifestement d'un sans-abri ayant trouvé refuge dans la maison. À mes côtés se trouve le chef des pompiers de Belval, Normand Lachance. Monsieur Lachance, est-ce que l'incendie est d'origine criminelle ?

Cette fois, un homme en uniforme portant un casque de pompier apparaît à l'écran.

— Oui, fort probablement, répond-il. Mais on en sera absolument certains après avoir examiné les décombres.

— Est-ce vrai qu'il y a eu plusieurs incendies d'origine criminelle à Belval depuis quelques semaines ?

— C'est vrai, en effet, répond le chef des pompiers. Mais nous sommes sur une piste et je peux vous dire que les policiers ne lâcheront pas tant qu'ils n'auront pas arrêté le, la ou les responsables de ces crimes qui ont entraîné une première perte de vie ce soir.

— Merci, monsieur Lachance, dit le journaliste. De retour à Hélène…

Abasourdie, Jasmine éteint le téléviseur.

La maison n'était pas déserte ! Il y avait un sans-abri à l'intérieur.

Un sans-abri qui est maintenant mort.

Le journaliste a dit que l'homme est décédé à la suite d'une crise cardiaque, mais les pompiers l'ont trouvé inanimé. Ce qui signifie que c'est le feu qui a causé sa mort, directement ou indirectement.

Michaël et Nicolas sont donc des criminels…

Et elle est témoin.

Chapitre 16

Jasmine continue à fixer l'écran pendant un long moment. Elle décroche le téléphone et compose le numéro de Nicolas.

— Allô?

Nicolas a l'air endormi, mais tout à fait calme. Il n'a peut-être pas encore appris la nouvelle concernant le sans-abri.

— Salut, c'est Jasmine. Je… Je suis allée chez toi ce soir et tu n'étais pas là.

— Ah! fait Nicolas, l'air surpris. Excuse-moi, s'empresse-t-il d'ajouter. Mais Michaël a eu des billets à la dernière minute pour le match de baseball. J'ai essayé de te téléphoner, mais c'était toujours occupé.

— C'est dégoûtant, Nicolas.

— Hé! je suis désolé. Je vais me faire pardonner. J'irai chez toi demain et…

— C'est ton mensonge qui est dégoûtant! l'interrompt Jasmine. Tu n'es pas du tout allé à un match de baseball ce soir, hein?

— Bien sûr. Demande à Michaël.

— Ce ne sera pas nécessaire. Je n'ai pas envie d'entendre les mêmes mensonges de la bouche de Michaël. Vous n'étiez pas au baseball. Vous êtes allés dans une maison de la rue Pétrin.

Nicolas reste muet pendant un instant.

— Qu'est-ce qui te fait dire ça? demande-t-il prudemment.

— Je t'ai vu là-bas.

— Tu m'as vu?

— Dans la maison. Celle où vous avez mis le feu, Michaël et toi.

— Je ne sais pas de quoi tu parles.

Jasmine trouve qu'il a l'air nerveux.

— As-tu écouté les nouvelles à la télé ce soir?

— Non. Mais quel est le rapport avec...

— Il y avait un sans-abri qui se réfugiait là. Et il est mort!

— Quoi?

Nicolas paraît atterré.

— Oh non! Quelqu'un est mort?

— Il a eu une crise cardiaque, explique Jasmine. Et ceux qui ont allumé l'incendie, c'est-à-dire Michaël et toi, sont activement recherchés.

— On n'a pas allumé l'incendie! proteste Nicolas.

— Alors tu avoues que vous étiez là?

— On était là, mais on n'a pas mis le feu à la maison.

— Qu'est-ce que vous faisiez là? demande Jasmine.

Même s'il a d'abord menti, Jasmine le croit quand il affirme qu'ils n'ont pas mis le feu.

— C'est une histoire incroyable, dit Nicolas. Si la police finit par nous trouver, on ne nous croira jamais !

— Calme-toi. Qu'est-ce que vous faisiez là ? répète-t-elle.

— Après le souper, raconte Nicolas, quelqu'un a frappé à la porte. Quand j'ai ouvert, il n'y avait personne, mais j'ai trouvé une note. Elle m'était adressée et disait de me rendre dans cette maison de la rue Pétrin si je voulais voir de l'action.

— Qui te l'a envoyée ?

— Elle n'était pas signée. Cinq minutes plus tard, Michaël est arrivé. Il avait reçu exactement la même note que moi. On a décidé d'aller voir ce qui se passait là-bas.

— Vous auriez dû m'attendre, dit Jasmine.

— Maintenant, tu aurais des ennuis toi aussi, fait remarquer Nicolas tristement. Pour être franc, la note m'intriguait tellement que j'ai complètement oublié notre rendez-vous.

Il soupire.

— C'est terrible. Je ne sais pas quoi faire.

— Ne fais rien pour l'instant, dit Jasmine. Je vais parler aux autres. On pourrait peut-être se réunir pour essayer de découvrir ce qui s'est passé.

— Tu es certaine d'avoir bien entendu le reportage ?

— Bien certaine. On se reparle tout à l'heure.

Après avoir raccroché, Jasmine reste assise, immobile, pendant de longues minutes. Si Nicolas dit la vérité, c'est que quelqu'un d'autre a allumé l'incendie.

« Ça ne peut être que Gab. Il doit avoir complètement perdu la tête pour avoir fait ça. J'aurais dû me douter que ça deviendrait plus grave après que l'auto de son père a brûlé. »

Elle se rappelle qu'il a promis de se venger de la personne qui a mis le feu à la voiture de son père. Son visage était alors déformé par la colère. Oui, c'est sûrement lui.

Cette fois, Jasmine compose le numéro de Marie-Andrée. C'est occupé. Impatiente, elle appelle Anne, qui décroche à la troisième sonnerie.

— Allô?

— Anne, c'est Jasmine. Tu as une minute?

— Bien sûr. Qu'est-ce qu'il y a? Tu as l'air bouleversée.

— Il est arrivé quelque chose d'épouvantable et nos amis sont impliqués.

— Quoi?

— Il y a eu un incendie dans une maison de la rue Pétrin ce soir, explique Jasmine.

— Oui, ils en ont parlé à la télé.

Anne a le souffle coupé.

— Ce n'est pas… Ils n'ont pas…

Elle ne termine pas sa phrase, mais Jasmine voit bien qu'Anne a saisi.

— J'ai bien peur que oui. Nicolas et Michaël

étaient là. Nicolas prétend qu'ils n'ont pas mis le feu à la maison, mais que quelqu'un leur a envoyé une note leur demandant de se rendre là-bas.

— Oh! Jasmine! C'est clair qu'il a menti!

— Je n'en suis pas si sûre. Je le connais depuis longtemps. Et s'ils n'y sont pour rien, alors c'est Gab qui a fait le coup.

— Oh non! C'est impossible. Il ne ferait pas une chose pareille.

— Moi, je n'aurais jamais cru que Nicolas mettrait le feu à la voiture de Gab. Pourtant…

— Je le savais! dit Anne d'une voix tremblante. Je le savais depuis le début. Jasmine, ça suffit maintenant. Il faut qu'on les arrête tout de suite.

— Je sais.

— Tout de suite, répète Anne. Si on attend un jour de plus, qui sait ce qui peut se passer? Écoute, ma mère dort. Je prends son auto et je vais te chercher dans dix minutes.

— Pour aller où?

— Chez Nicolas. Il faut lui parler, Jasmine. Après, on ira voir Michaël.

— Mais…

— Tu ne pourras pas dormir de toute façon, hein?

— Bon, d'accord.

— J'arrive tout de suite, dit Anne avant de raccrocher.

* * *

« J'ai l'impression de rêver, pense Jasmine. Je me retrouve impliquée dans une histoire d'incendie criminel... et de meurtre... »

Mais dès qu'elle aperçoit la familiale dans l'allée des Malo, elle revoit les événements de la soirée. Ce n'est pas un rêve. Elle est impliquée. Ils le sont tous.

À sa grande surprise, c'est Michaël qui ouvre la porte.

— Nicolas m'a appelé après t'avoir parlé. Qu'est-ce qu'on va faire ?

— D'abord, il faut découvrir qui a mis le feu à la maison, dit Anne. Est-ce que c'est toi ?

— Bien sûr que non !

— J'ai déjà tout expliqué à Jasmine, dit Nicolas en entrant dans la pièce.

— Jasmine dit que vous avez reçu une note, dit Anne.

— Ouais, dit Michaël. On n'a pas inventé ça, quand même. Nicolas, as-tu toujours la tienne ?

— Oui.

Nicolas va dans sa chambre et revient avec une feuille de papier froissée qu'il tend à Jasmine.

Celle-ci tient la note de façon qu'Anne puisse la lire aussi. Nicolas n'a pas menti. Mais ce qu'il a oublié de mentionner — Anne et Jasmine, elles, le remarquent au premier coup d'œil —, c'est que le message a été imprimé par ordinateur.

À l'encre bleu pâle.

Chapitre 17

Les filles ne disent rien et se contentent d'échanger un regard.

— Alors ? dit Michaël. Vous nous croyez maintenant ? Ou pensez-vous qu'on a écrit ça nous-mêmes ?

— On vous croit, répond Jasmine tristement.

— Je ne voulais pas avoir l'air de vous soupçonner mais, après tout, Jasmine vous a vus là-bas, dit Anne.

— En tout cas, il y avait quelqu'un d'autre dans la maison, dit Nicolas.

— Avez-vous vu quelqu'un ? demande Anne.

— Non, répond Nicolas. La maison semblait complètement vide. On a attendu quelques minutes, puis il y a eu un bruit sourd juste avant que le feu éclate. On est sortis aussi vite qu'on a pu.

— Merci de nous avoir montré la note, dit Jasmine. On ferait mieux de partir maintenant.

— Mais je croyais qu'on allait discuter ! s'étonne Michaël.

— On a discuté, dit Jasmine. Mais il est tard et on

est tous fatigués. Et il paraît que la nuit porte conseil.

— Comme tu veux, dit Nicolas.

Mais il la regarde comme si elle avait perdu la tête.

* * *

— C'est l'ordinateur de Marie-Andrée, dit Anne d'une voix tremblante une fois qu'elles sont dans l'auto.

— Je sais, dit Jasmine. À moins que…

— À moins que quoi? Tu ne penses tout de même qu'il y a quelqu'un d'autre à Belval qui utilise une cartouche bleu pâle et qui est au courant pour les feux!

— Je ne peux tout simplement pas croire qu'elle a fait ça.

— Moi non plus. Marie-Andrée est un peu bizarre parfois, mais c'est une bonne fille au fond. Il doit y avoir une autre explication.

— Sûrement.

— Tu ne soupçonnes plus Gab, hein? demande Anne. Tu ne penses pas que lui et Marie-Andrée…

— Je ne sais plus quoi penser.

— Moi, en tout cas, j'ai envie d'entendre ce que Marie-Andrée a à dire.

— Anne, il est terriblement tard!

— Et alors? Marie-Andrée se couche toujours tard. Et on est seulement à deux coins de rue de chez elle.

Jasmine hoche la tête avec lassitude. Elle est

morte de fatigue, mais comme Anne, elle veut entendre les explications de Marie-Andrée. Si elle en a à fournir...

* * *

— Salut, les filles! dit Marie-Andrée qui les accueille avec un grand sourire.

Elle porte un pyjama court à rayures vertes, mais elle est bien éveillée.

Jasmine s'assoit sur le lit de Marie-Andrée. Elle se sent misérable. Son regard s'attarde sur l'ordinateur. «Comment va-t-on s'y prendre? Est-ce qu'on devrait aller droit au but?...»

Anne, elle, a déjà pris sa décision.

— On arrive de chez Nicolas, commence-t-elle.

— Vous êtes en campagne électorale ou quoi?

Marie-Andrée pouffe de rire.

— Si vous avez un petit creux, je peux faire du maïs soufflé.

— On ne restera pas longtemps, dit Jasmine. On est venues te parler de quelque chose. De quelque chose de très grave.

Marie-Andrée fronce les sourcils. «Est-ce qu'elle joue la comédie? se demande Jasmine. Si c'est le cas, elle est très convaincante.»

— Nicolas nous a montré la note que tu lui as envoyée, lâche Anne.

— Quelle note?

— La même que tu as envoyée à Michaël, ajoute Anne.

— Mais de quoi parles-tu?

— Marie, on sait que c'est toi. Les notes sont imprimées à l'encre bleu pâle.

— Et alors? demande Marie-Andrée qui commence à s'impatienter. De quelles notes s'agit-il?

— Elles disaient aux garçons de se rendre à une certaine adresse de la rue Pétrin s'ils voulaient voir de l'action.

— Quoi?

Marie-Andrée éclate de rire.

— C'est un poisson d'avril en retard ou quoi?

— Ce n'est pas une plaisanterie.

Brièvement, Jasmine raconte à son amie ce qu'elle a entendu aux nouvelles.

Marie-Andrée l'écoute sans parler. Mais soudain son expression devient furieuse.

— Si je comprends bien, tu es en train de me dire qu'un homme est mort dans un incendie rue Pétrin et que vous croyez que c'est moi qui ai allumé le feu.

— Ce n'est qu'une possibilité, s'empresse d'ajouter Jasmine. On ne t'accuse pas de quoi que ce soit!

— Si ce n'est pas une accusation, alors je me demande ce que c'est! dit Marie-Andrée avec brusquerie. Vous pensez vraiment que je mettrais le feu à une maison et que je tenterais de mettre ça sur le dos de mes amis?

Jasmine ne répond pas. Non, elle ne croit pas Marie-Andrée capable de poser un tel geste. Mais les apparences sont contre elle.

— On ne veut pas que ce soit vrai, dit Anne qui a l'air plus peinée que jamais. On espérait que tu aurais une explication à propos des notes...

— Je vous signale que je n'ai rien à expliquer à qui que ce soit! dit Marie-Andrée, écarlate. Je pensais que vous étiez mes amies!

— Mais on l'est! dit Jasmine. C'est pour ça qu'on est venues ici, au lieu d'aller...

— Au lieu d'aller où? demande Marie-Andrée. Au poste de police, peut-être?

— Marie, s'il te plaît, la supplie Jasmine. On veut seulement...

— Oublie ça, dit Marie-Andrée. Je sais pourquoi tu fais ça. Tu es jalouse parce que ta soirée avec Gab s'est terminée en queue de poisson! Tu essaies de me créer des ennuis pour m'empêcher de sortir avec lui!

— Ce n'est pas vrai!

— Et tu as convaincu Anne d'embarquer dans ton petit jeu! Mais tu ne m'auras pas comme ça! Je sors avec qui je veux!

— Gab n'a rien à voir là-dedans, Marie! crie Anne. Je ne savais même pas qu'il était sorti avec Jasmine. On est ici à cause de ce qui s'est passé ce soir. Et à cause des notes.

— Qu'est-ce que vous voulez? demande Marie-Andrée d'un ton sec. Des aveux complets? Eh bien! vous n'en aurez pas, parce que je n'ai pas écrit de notes et que je n'ai mis le feu nulle part!

— Tout ce qu'on veut, c'est que les feux arrêtent, poursuit Anne d'un ton mal assuré. Et on tient à te dire que nous sommes tes amies et que tu peux compter sur nous quoi qu'il arrive.

— Mes amies ! Tu parles ! Allez-vous-en et laissez-moi tranquille !

— Marie, je t'en prie… dit Jasmine.

— Sortez ! Vous êtes sourdes ? C'est chez moi ici et je ne veux pas vous voir ! Plus jamais !

Les traits de Marie-Andrée sont tellement déformés par la colère que Jasmine a l'impression de ne pas connaître cette fille devant elle.

Elle ne veut pas croire que c'est Marie-Andrée qui a allumé le feu.

Pourtant, elle le croit. Et d'après l'expression d'Anne, elle le croit aussi.

Chapitre 18

Jasmine est tirée d'un profond sommeil par la sonnerie du téléphone sur sa table de chevet.

— Allô?

— Jasmine? chuchote une voix qu'elle reconnaît tout de suite.

— Marie-Andrée?

— Excuse-moi de t'appeler si tard.

— Ce n'est pas grave. Quelle heure est-il?

— Trois heures et quart, répond Marie-Andrée. Mais c'est important, Jasmine. Je n'arrive pas à fermer l'œil. Je n'arrête pas de penser à ce que vous m'avez dit, Anne et toi.

Tous les événements de la soirée reviennent soudainement à la mémoire de Jasmine.

— Écoute, Marie, dit-elle. On ne voulait pas te faire de peine. Mais on est très inquiètes à propos des feux.

— Et vous m'avez accusée de les avoir allumés! dit Marie-Andrée qui semble sur le point d'éclater en sanglots.

— On veut seulement savoir ce qui s'est passé!

— Je n'ai rien à voir avec cet incendie. Mais j'ai réfléchi et j'ai peut-être résolu l'énigme.

— Tu veux dire que tu as découvert qui a fait le coup?

— Et pourquoi aussi, ajoute Marie-Andrée.

— Dis-moi qui c'est!

— Pas ce soir. Il faut encore que je réfléchisse. Est-ce que tu peux me rejoindre dans le gymnase demain matin, une demi-heure avant les cours?

— O.K. Mais pourquoi tu…

— Demain, l'interrompt Marie-Andrée. Chose certaine, ça concerne Gab!

* * *

Jasmine n'a pas l'habitude d'arriver à l'école si tôt. Il n'y a que quelques voitures dans le stationnement des enseignants et aucune dans celui des élèves. À l'entrée de la cour, monsieur Saint-Pierre, le concierge, nettoie le trottoir à l'aide d'un tuyau d'arrosage. Il n'y a personne d'autre en vue.

Marie-Andrée vient souvent faire de la gymnastique tôt le matin. Elle aime s'entraîner dans le calme quand il n'y a pas de curieux pour l'observer. Elle a même la clé du gymnase.

Jasmine monte l'escalier de l'entrée principale. Ses pas résonnent dans le couloir vide.

La porte est entrouverte et Jasmine entre dans le grand gymnase. Les lumières sont éteintes, mais le soleil entre à flots. Au premier coup d'œil, le gymnase semble désert.

— Marie-Andrée ? Marie, je suis là.

Aucune réponse. De toute évidence, il n'y a personne.

Jasmine se dirige vers le vestiaire des filles. « Peut-être qu'elle ne s'est pas réveillée à temps, pense-t-elle.

« Ou peut-être qu'elle m'a joué un tour pour se venger de ce qu'on lui a dit hier soir, Anne et moi. »

Elle pousse la porte bleue et entre dans le vestiaire. Même s'il n'y a personne, elle est accueillie par l'odeur persistante des chaussures de sport, des chaussettes et des vêtements d'exercice mouillés de sueur.

— Marie-Andrée, tu es là ?

— Jasmine ? dit une voix provenant du fond du vestiaire, près des cabines.

— Anne !

— Salut ! dit Anne en posant un magazine.

Elle porte un *body* à manches longues d'un bleu vif qui fait ressortir ses yeux azur.

— Qu'est-ce que tu fais ici ? demande Jasmine.

— Je pourrais te poser la même question. Marie-Andrée m'a téléphoné au milieu de la nuit pour s'excuser. Elle m'a demandé de la surveiller pendant qu'elle s'entraînerait à la poutre ce matin.

— Ce n'est pas vrai !

— J'ai trouvé ça un peu étrange, dit Anne. D'autant plus qu'il était trois heures du matin. Mais je me suis dit que ce serait peut-être l'occasion de la faire parler.

— Où est-elle ? demande Jasmine.

— Bien au chaud dans son lit, je suppose. Elle m'a donné rendez-vous ici à six heures trente. J'attends depuis ce temps-là, mais elle ne s'est pas montrée.

— Elle m'a appelée aussi. Penses-tu qu'elle a voulu se venger ?

— Peut-être. Mais ce n'est pas son genre.

— Hé ! elle est ici ! s'écrie Jasmine. Regarde ! Son casier n'est pas verrouillé.

Les filles se dirigent vers le casier de Marie-Andrée. Jasmine l'ouvre et aperçoit les vêtements de son amie.

— Elle est ici ? s'étonne Anne. Peut-être qu'elle est allée courir à l'extérieur pour sa période d'échauffement.

— Je viens d'arriver. Je l'aurais vue. Retournons dans le gymnase.

Mais il n'y a toujours personne.

— Elle est bien quelque part ! dit Anne. On n'a qu'à l'attendre.

— Tu as raison. Je vais faire quelques exercices en attendant.

Elle marche vers le grand matelas et exécute quelques rotations du tronc. Elle s'apprête à enchaîner avec la roue lorsqu'elle aperçoit quelque chose à côté de la poutre.

Une masse rouge, recroquevillée.

— Anne ! crie-t-elle tandis que son cœur se met à battre la chamade.

Les deux filles courent vers la poutre et reconnaissent le *body* rouge de leur amie.

Marie-Andrée repose par terre à côté de la poutre, immobile, le visage blanc comme un drap.

— C'est impossible ! s'écrie Anne. Elle est morte !

Chapitre 19

— Marie-Andrée !

Jasmine a l'impression que c'est son propre cœur qui va s'arrêter.

— Marie-Andrée !

Mais son amie ne réagit pas du tout. Le contour bleuâtre d'une contusion se dessine sur son front.

— Est-ce qu'elle est… morte ? demande Anne dans un murmure affolé.

— Je ne sais pas, répond Jasmine.

Elle pose sa tête sur la poitrine de Marie-Andrée.

— Son cœur bat, annonce-t-elle, soulagée. Et elle respire.

— Merci mon Dieu ! dit Anne. Ne la remue pas. Je vais appeler une ambulance.

* * *

Le hurlement de la sirène s'affaiblit graduellement et Jasmine, consternée, s'assoit sur l'un des bancs du vestiaire. L'air complètement épuisée, Anne s'effondre à côté d'elle.

— Elle va s'en tirer, dit Jasmine. Il le faut.

— Elle était tellement pâle. Et cette blessure…

— Je sais.

L'ambulance est arrivée très rapidement. Quelques minutes plus tard, le gymnase était envahi par les ambulanciers, les policiers, le directeur et France Mercier, l'entraîneure de gymnastique.

Tout le monde en est venu à la conclusion que Marie-Andrée a dû perdre l'équilibre et tomber de la poutre.

— Comment a-t-elle pu faire ça ? demande Anne. Je lui avais dit que je resterais à côté d'elle pendant son entraînement. Pourquoi ne m'a-t-elle pas attendue ?

— Ça n'a pas de sens, dit Jasmine. Même France affirme que Marie-Andrée est beaucoup trop expérimentée pour avoir décidé de s'entraîner à la poutre sans surveillante.

— À moins qu'elle ait voulu tomber, dit Anne.

— Quoi ?

— Pas consciemment, bien sûr. Mais elle se sentait peut-être coupable à cause de l'incendie. C'était peut-être une sorte d'autopunition inconsciente.

— C'est un peu tiré par les cheveux, dit Jasmine. Marie-Andrée est tellement franche et équilibrée.

— Parfois la culpabilité peut entraîner des comportements étranges, continue Anne.

— Peut-être, dit Jasmine. De toute façon, je ne suis pas certaine que sa chute soit accidentelle.

— Qu'est-ce que tu veux dire ? demande Anne en écarquillant les yeux.

— Je ne sais pas.

Jasmine se rappelle les paroles de Marie-Andrée :
« Chose certaine, ça concerne Gab. » Si Marie-
Andrée avait raison et si Gabriel savait qu'elle le
soupçonnait…

C'est une hypothèse presque trop horrible à
envisager, mais Gabriel a peut-être quelque chose à
voir avec le soi-disant accident de Marie-Andrée.

— Je ne sais pas, répète Jasmine. Mais j'ai bien
l'intention d'élucider le mystère.

* * *

— Vous vous demandez probablement pourquoi je vous ai convoqués, commence Michaël
pour plaisanter.

— Assieds-toi, idiot, dit Nicolas. C'est Jasmine
qui nous a demandé de nous réunir. Et j'ai bien hâte
de savoir pourquoi.

— Je crois que c'est évident, dit Jasmine, assise
dans un fauteuil en tweed.

Ils sont installés dans le salon chez Anne. Gabriel,
le dernier arrivé, est assis sur le tapis devant le foyer,
l'air indifférent.

Jasmine s'éclaircit la voix avant de continuer.

— Vous êtes tous au courant de ce qui est arrivé
à Marie-Andrée ce matin. J'ai pensé que c'était le
moment de discuter des récents événements.

— De l'incendie, tu veux dire, lâche Nicolas
d'un ton sec.

— Oui, entre autres.

— Un accident, c'est un accident! dit Michaël. C'est vraiment dommage pour Marie-Andrée, mais je ne vois pas le rapport avec l'incendie.

— Au contraire, c'est peut-être lié à ça, dit Anne. Surtout si c'est elle qui a mis le feu à la maison de la rue Pétrin.

Elle explique rapidement aux garçons la question de la cartouche bleu pâle.

— Jasmine et moi, on est certaines que c'est elle, continue Anne. Et elle sait qu'on l'a démasquée. Peut-être qu'elle se sentait coupable au point de…

— De sauter de la poutre? termine Michaël, incrédule. Trouves-en une meilleure que ça!

— Ce n'est pas bête comme explication, dit Nicolas, mais je ne peux pas croire que Marie-Andrée ait mis le feu.

— Et les notes? demande Anne.

— Il peut y avoir quelqu'un d'autre à Belval qui utilise une cartouche bleu pâle, fait remarquer Nicolas. Et pourquoi aurait-elle voulu allumer un incendie? La compétition existait surtout entre nous, les gars.

— Tu veux dire que c'est l'un d'entre vous qui a fait le coup? demande Jasmine.

— C'est évident, répond Nicolas en dévisageant Gabriel.

Celui-ci le regarde sans sourciller.

— C'est une accusation? demande-t-il d'un ton de défi.

— C'est toi le maniaque du feu, répond Nicolas. Nous, on n'a fait que te suivre.

— C'est sûrement Marie-Andrée! insiste Anne. On en a la preuve avec les notes imprimées en bleu pâle.

— On ne peut pas être certains que c'est elle qui les a écrites, dit Jasmine. En fait, on n'est sûrs de rien. Et maintenant qu'il est arrivé quelque chose à Marie-Andrée, j'ai peur que les vrais ennuis commencent.

— De quoi tu parles? demande Nicolas.

— Et si ce n'était pas l'un de nous? Si c'était quelqu'un qui est au courant qu'on s'est amusés à allumer des petits feux à l'école et qui sait que la police fait enquête?

— Tu te penses dans un film de James Bond ou quoi? demande Gab.

— Je parle sérieusement. Quelqu'un a pu découvrir notre petit jeu et décider de nous faire chanter ou de nous menacer… en commençant par Marie-Andrée.

— C'est pathétique, dit Gab.

— Qu'est-ce qui est pathétique? demande Jasmine d'un ton rageur.

— Toi. Les autres. Et toutes vos explications compliquées. En réalité, c'est si simple.

— Ah vraiment? dit Jasmine. Alors explique-nous!

Elle est tellement en colère qu'elle en a la voix qui tremble. Elle a cru voir l'expression de Gabriel changer, comme s'il était blessé. Mais il retrouve immédiatement son sourire ironique et son petit air supérieur.

— Il faut que tu voies la vérité en face, Jasmine, dit-il en haussant les épaules. Vous avez tous eu du plaisir à allumer des feux. Même toi, Anne. Ça faisait des années que vous n'aviez pas connu une expérience aussi excitante. On a même parlé de vos méfaits dans le journal.

— Où veux-tu en venir? demande Jasmine.

— Nulle part, répond Gabriel. Il n'y a aucun mystérieux étranger qui veut nous faire chanter. L'incendie de la rue Pétrin, les notes… C'est évident que le coupable est parmi nous.

Chapitre 20

« J'aurais peut-être dû accepter l'offre de Gab de me raccompagner », se dit Jasmine en baissant la tête dans le vent. Mais elle se souvient de sa moue méprisante quand il a dit : « C'est pathétique. »

Après que Gabriel a déclaré que le coupable faisait partie de la bande, tout le monde s'est mis à s'accuser mutuellement. Nicolas était si enragé qu'il en était tout rouge. Et personne n'a pris l'hypothèse de Jasmine au sérieux.

« Mais si c'est vraiment un inconnu ? Qu'est-ce qu'il peut bien vouloir ? »

Au loin, une voiture tourne le coin de la rue et ralentit en s'approchant.

Pourquoi donc a-t-elle décidé de marcher ? Elle est encore à six coins de rue de chez elle. L'auto s'est presque immobilisée maintenant. Jasmine risque un bref regard de côté. C'est une berline blanche. Elle n'a jamais vu cette voiture.

Le cœur battant, Jasmine hâte le pas et regarde droit devant elle. La voiture longe le trottoir à la même vitesse qu'elle.

Jasmine aperçoit une maison où il y a de la lumière. Paniquée, elle décide de faire semblant d'habiter là et elle s'engage dans l'allée. Le moteur de la voiture s'arrête et une portière claque.

Sans réfléchir, Jasmine se met à courir et trébuche devant la porte d'entrée. Elle entend des pas derrière elle.

Morte de peur, elle ouvre la bouche pour crier.

— Hé! Jasmine!

— Non! crie-t-elle.

— Jasmine! C'est moi!

Elle lève les yeux et reconnaît Gabriel, soulagée. Il a l'air à la fois troublé et amusé.

— Qui croyais-tu que c'était? Un mort vivant?

— Gab! Je n'ai pas reconnu ta voiture.

— C'est l'auto que mon père a louée, explique-t-il.

Il lui tend la main, l'aide à se relever, et la guide jusqu'à la voiture.

— Allez, monte.

— O.K., dit-elle d'une petite voix. Merci.

Gabriel ne démarre pas tout de suite. Il regarde Jasmine avec tendresse, comme il l'a fait lors de leur rendez-vous. Ça ne fait que quelques jours, mais il s'est passé tellement de choses depuis.

— Excuse-moi d'avoir dit ça tout à l'heure, dit Gabriel. Je ne voulais pas être dur avec toi.

— Tu n'as même pas écouté mon hypothèse avant de dire qu'elle était pathétique.

— J'ai mal choisi mes mots. Mais avoue que ton idée est un peu farfelue.

— Pas tant que ça, dit Jasmine. Car je ne peux pas imaginer que l'un de nous ait posé un tel geste.

— Dis plutôt que tu ne veux pas l'imaginer. Tu refuses d'admettre qu'un de tes amis est un pyromane ou pire encore. Alors tu préfères jeter le blâme sur un mystérieux inconnu. C'est normal. Personne n'aime voir la vérité en face quand il s'agit de ses amis.

Il a parlé avec tant de conviction que Jasmine a le sentiment qu'il en sait plus long qu'il ne veut bien le dire.

— Qui soupçonnes-tu ? demande-t-elle.

— Je ne veux pas accuser qui que ce soit. Pas tout de suite.

Gabriel soupire et fait démarrer la voiture.

— Je te reconduis chez toi.

Il roule en silence pendant un moment.

— J'aurais mieux fait de ne jamais venir ici, marmonne-t-il.

— Ne dis pas ça.

— Pourquoi ?

Il esquisse un sourire.

— Tu es contente que je sois là ?

— Tu le sais bien, répond Jasmine.

— N'empêche que j'aurais dû me douter... ajoute-t-il d'un ton sérieux.

— Te douter de quoi ? demande Jasmine.

— Laisse tomber. Quant à toi, tu devrais oublier toute cette histoire de feux. J'ai l'impression qu'il n'y en aura pas d'autre, de toute façon. Si tu continues ta petite enquête, tu pourrais t'apercevoir que tu joues vraiment avec le feu.

« Est-ce un avertissement ? se demande Jasmine. Ou une menace ? Qu'est-ce qu'il essaie de me dire ? Que c'est lui qui a allumé l'incendie et qu'il ne recommencera plus ? »

Gabriel tourne dans l'allée chez Jasmine et coupe le contact.

— Je te raccompagne jusqu'à la porte. Ça m'arrive deux ou trois fois par année d'être galant.

Il fait le tour de la voiture, ouvre la portière et prend Jasmine par la taille en marchant jusqu'à la porte. Jasmine se sent fondre. Si seulement elle pouvait lui faire confiance !

Il se penche et l'embrasse sur la joue.

— Qu'est-ce que tu dirais d'aller au cinéma demain soir ?

— Je... je ne sais pas, répond Jasmine.

— Tu ne sais pas si tu peux ou si tu as envie de sortir avec moi ?

Il a parlé d'une voix douce, sans la moindre trace de sarcasme.

— En fait, je me demande si c'est avec moi que tu as envie de sortir.

— Tu dis ça à cause de Marie-Andrée ?

Jasmine fait signe que oui.

— Elle est très gentille et j'espère qu'elle guérira vite. Mais l'autre soir, dans l'auto, ça ne voulait rien dire. Elle m'a presque sauté dessus.

— Je voulais seulement m'assurer qu'il n'y

avait rien de plus entre vous, dit Jasmine.

— Est-ce que ça veut dire qu'on va au cinéma demain soir ?

— Pourquoi pas ?

Il l'embrasse de nouveau, sur la bouche cette fois.

— À demain, dit-il tandis qu'elle entre dans la maison.

Jasmine s'adosse à la porte après l'avoir refermée. « Oh Gab ! Qu'est-ce que je vais faire de toi ? »

* * *

Plus tard, tandis qu'elle bûche encore son algèbre, on sonne à la porte.

« C'est peut-être Gab », pense-t-elle en se dirigeant vers le vestibule. Elle ouvre la porte. Deux hommes en complet se tiennent devant elle.

— Je suis le détective Lefrançois, dit le plus grand en lui tendant sa plaque. Et voici le détective Moreau. Vous êtes bien Jasmine Francœur ?

— Oui.

— Est-ce qu'on pourrait entrer ? Nous aimerions vous poser quelques questions au sujet d'un incendie survenu hier soir rue Pétrin.

Chapitre 21

— Entrez, dit Jasmine en espérant que sa voix ne tremble pas.

« Sois naturelle, se dit-elle. Tu n'as rien fait de mal. »

— Nous sommes désolés de vous déranger à cette heure tardive, dit le détective Lefrançois. Pouvez-vous nous dire où vous étiez hier soir ?

— Hier soir ? Je suis allée faire un tour en auto, répond Jasmine.

— Nos rapports indiquent qu'un de nos policiers vous a vue rue Pétrin hier soir, juste avant l'incendie qui a coûté la vie à un sans-abri.

Le détective Lefrançois est amical et ne semble pas du tout soupçonneux.

— Il a dit que vous aviez eu des ennuis mécaniques.

— C'est exact, dit Jasmine. Ma voiture est tombée en panne.

— Pouvez-vous nous dire ce que vous faisiez dans cette rue ? demande le détective Moreau.

— Je… je me suis disputée avec mon petit ami. Je ne voulais pas être là quand il appellerait. Alors je me suis promenée. Je ne m'étais pas rendu compte que j'étais dans cette rue jusqu'au moment où ma voiture est tombée en panne.

Le détective Lefrançois hausse un sourcil.

— Quand vous étiez arrêtée, avez-vous remarqué quoi que ce soit d'inhabituel ?

— Non, je n'ai rien vu. J'étais trop occupée à essayer de faire démarrer ma voiture.

Jasmine est étonnée de constater qu'elle ment aussi facilement. Mais elle n'a pas le choix. Elle est presque certaine que Nicolas et Michaël sont innocents. Si elle parle d'eux, ils auront de gros ennuis.

— Vous n'avez vu personne ? demande le détective Moreau. Avez-vous vu le feu ?

— Non. Je n'ai rien vu du tout.

— Les pompiers ont été prévenus par un appel effectué dans une cabine téléphonique au coin de la route du Vieux-Moulin et de la rue Pétrin, à peu près au moment où vous vous trouviez là.

— Il doit s'agir de quelqu'un d'autre.

Jasmine étudie le visage des policiers qui semblent calmes et pas du tout méfiants.

— Bon, c'est tout, dit le détective Lefrançois en refermant son calepin. Nous ne vous retarderons pas plus longtemps.

« Ils ne me soupçonnent pas », se dit Jasmine avec soulagement.

— Si vous songez à quoi que ce soit qui peut

faire progresser l'enquête, je vous prie de communiquer avec nous, dit le détective Moreau en lui remettant sa carte.

Les deux hommes sortent d'un pas pesant. Mais avant de partir, le détective Lefrançois se retourne.

— Au fait, commence-t-il, nous savons où vous trouvez si nous avons besoin de vous.

Et cette fois, son visage n'a rien d'amical.

Chapitre 22

Jasmine regarde les deux policiers s'éloigner. Elle marche ensuite jusqu'à sa chambre, bouleversée, et se prépare à se coucher.

« Je viens de faire quelque chose de mal. C'est un crime de mentir à la police. »

Mais si elle avait parlé de Nicolas et de Michaël, ils seraient devenus les principaux suspects dans cette affaire. Pire encore, la police aurait tout appris au sujet des notes. Et Marie-Andrée a déjà assez d'ennuis comme ça.

Elle compose le numéro de l'hôpital et demande l'urgence.

— Je voudrais avoir des nouvelles de Marie-Andrée Huard. Elle a été admise ce matin.

Il y a un silence au bout de la ligne tandis que l'infirmière fouille dans les dossiers.

— Il n'y a pas de changement, annonce-t-elle enfin.

Jasmine la remercie et raccroche. Pas de changement. Ça veut dire que Marie-Andrée n'a pas encore repris connaissance. Et si elle ne revenait jamais à elle ?

Jasmine se dit soudain qu'elle ne peut plus mentir. La police ne la soupçonne pas encore, mais ce n'est peut-être qu'une question de temps. De plus, quelqu'un a peut-être aperçu la familiale du père de Nicolas dans la cour de la maison de la rue Pétrin.

Il n'y a qu'une solution. Ils doivent aller au poste de police et dire tout ce qu'ils savent. Se sentant déjà mieux, Jasmine appelle Anne.

Comme d'habitude, Anne l'écoute avec gentillesse.

— La police ne te soupçonne pas ?

— Non. Mais ça n'a pas d'importance. On est rendus trop loin. Il faut raconter tout ce qu'on sait à la police. Je veux que tu m'aides à convaincre les gars.

— Ce ne sera pas facile. N'oublie pas que Nicolas et Michaël étaient là quand le feu a pris.

— Mais ils disent qu'ils n'ont rien fait et je les crois. C'est Gab qui risque de ne pas être d'accord. Il m'a dit d'oublier tout ça. D'après lui, il n'y aura plus de feu.

— Quand t'a-t-il dit ça ?

— Hier, après la réunion. Il est venu me reconduire finalement.

— C'est étonnant. Vous ne vous adressiez même plus la parole quand vous êtes partis.

— Je sais. Gab est un garçon étrange. On a eu une conversation sérieuse à propos des feux et deux minutes après, il était tout joyeux et m'invitait à aller au cinéma.

— C'est vrai? Tu n'iras pas, hein?

— Je lui ai dit que j'irais. Mais depuis la visite de la police, je n'en suis plus si sûre.

— J'ai une idée! dit Anne. Pourquoi on n'oublie pas Gab et tous les autres? Toi et moi, on pourrait aller au chalet de mes parents en fin de semaine, question de prendre un peu de recul.

— Bonne idée! Mais qu'est-ce qu'on fait pour la police?

— Je suis d'accord pour aller tout raconter, dit Anne. Mais tu devrais attendre un peu, Jasmine. En fin de semaine, tu auras le temps de réfléchir et de te reposer. Et qui sait? Peut-être que d'ici là, la police aura arrêté le coupable!

«Anne a raison», se dit Jasmine. Elle a besoin de mettre un peu d'ordre dans ses pensées. Et tant pis pour le cinéma!

Chapitre 23

Jasmine s'appuie sur les coussins et allonge les jambes devant le foyer.

— Tes parents sont gentils de nous laisser le chalet.

— Ils ne pouvaient pas venir de toute façon, dit Anne. Mon père travaille en fin de semaine.

Elle s'étire et bâille.

— Veux-tu un autre morceau de pizza?

— Non, merci. Je n'ai plus faim.

— Moi non plus.

— C'est tellement paisible ici, fait remarquer Jasmine.

— Je t'avais bien dit que tu pourrais te détendre. Comment a réagi Gab quand tu as annulé votre rendez-vous?

— Il n'était pas du tout fâché. Je lui ai dit que mes parents préféraient que je ne sorte pas en fin de semaine. Il a très bien compris. Il peut être très gentil quand il le veut.

— Je sais.

Anne bâille encore une fois.

— Je vais prendre une douche. À moins que tu préfères y aller la première ?

— Non, vas-y, toi. J'ai envie de lire un peu.

Jasmine plonge dans un roman historique tandis qu'Anne s'enferme dans la salle de bains.

Elle n'a pas encore lu une page lorsque le téléphone sonne.

— Allô ? dit Jasmine.

— Salut, dit une voix familière.

— Marie-Andrée ! Comment ça va ?

— Ça va. Les médecins disent que je serai bientôt sur pied. Ça gâche un peu tes plans, hein ?

— De quoi tu parles ? demande Jasmine. Je suis tellement contente que tu ailles mieux !

— Tu n'as pas besoin de faire semblant. Je sais que c'est toi. En voyant que tu n'arrivais pas, j'ai commencé mes exercices d'échauffement sur la poutre. Exactement comme tu l'avais prévu, non ? Puis tu m'as frappée par-derrière !

Un frisson d'horreur parcourt Jasmine.

— Marie, tu racontes n'importe quoi. Tu as subi une grave blessure à la tête. Tu ferais peut-être mieux de me rappeler demain matin après une bonne nuit de sommeil.

Marie-Andrée se met à rire.

— J'ai peut-être une commotion cérébrale, mais je ne suis pas amnésique. J'ai eu bien le temps de réfléchir. Je sais que c'est toi qui as imprimé les notes quand tu es venue chez moi. Je sais tout, Anne.

— Anne ?

Jasmine a le souffle coupé.

— Marie, c'est moi, Jasmine !

— Jasmine ! Je… je n'ai pas reconnu ta voix. Je ne savais pas que tu étais là.

— Anne m'a invitée à passer la fin de semaine avec elle. Mais qu'est-ce que tu…

— Jasmine, écoute-moi. Il faut que tu partes tout de suite ! Anne est dangereuse. Je crois que c'est elle qui a mis le feu à la maison. Je sais qu'elle m'a frappée à la tête et…

— Marie-Andrée, ça n'a pas de sens ! Anne a une peur maladive du feu ! Et pourquoi aurait-elle voulu te faire du mal ?

— Pour m'éloigner de Gab ! Elle est amoureuse de lui, Jasmine. Et elle est folle ! Maintenant, elle sait que tu sors avec Gab. Il faut que tu te sauves ! Je t'en prie. Va-t'en tout de suite !

— Mais elle m'a invitée…

— C'est encore pire ! Jasmine, jure-moi que tu pars immédiatement.

Jasmine est sur le point de protester, mais la panique commence à la gagner. Si ce que dit Marie-Andrée est vrai, Anne est une meurtrière !

— O.K., Marie. Je vais partir. Je t'appelle tout de suite en arrivant chez moi.

Elle raccroche et saisit son sac à dos. La douche coule toujours dans la salle de bains. Jasmine sort du chalet et referme la porte.

Elle se glisse dans sa voiture, ouvre son sac à

main et cherche ses clés à tâtons. Elle a l'habitude de les mettre dans la petite pochette à glissière, mais elle n'y trouve qu'un rouge à lèvres et des mouchoirs de papier. Elle allume le plafonnier de l'auto et vide son sac sur le siège du passager.

Pas de clés.

Est-ce Anne qui les a prises?

Si c'est le cas, Jasmine devra rester… Qu'elle le veuille ou non.

Chapitre 24

« Il faut que je parte d'ici. »

Jasmine descend de la voiture et regarde autour d'elle, affolée. Elle aperçoit un sentier qui s'enfonce dans la forêt. En le suivant, elle finira par croiser une route ou par trouver un autre chalet d'où elle pourra téléphoner.

C'est une soirée sans lune et le bois est sombre et menaçant. Jasmine se rappelle avoir entendu dire que la forêt du domaine Pétrin est encore plus noire que les autres.

Il paraît aussi que certaines personnes qui s'y sont aventurées n'ont jamais été revues…

Jasmine jette un dernier regard au chalet et voit la lumière de la salle de bains s'éteindre.

« Anne sait que je suis partie. » Sans hésiter, elle s'élance dans le sentier.

Presque immédiatement, elle se retrouve dans l'obscurité la plus complète. Les lumières du chalet ne sont plus qu'un souvenir. Elle marche aussi vite que possible, mais elle doit faire attention de ne pas s'écarter du sentier.

Jasmine entend un petit bruit derrière elle.

« Probablement un raton laveur. Ou peut-être un oiseau. »

Elle continue d'avancer, mais le bruit persiste derrière elle. On dirait des pas.

« Quelqu'un me poursuit ! »

Son cœur bat si fort qu'elle a du mal à respirer. Jasmine décide de quitter le sentier et s'adosse à un grand chêne.

Elle entend toujours les pas, mais elle ne voit rien. Peu à peu, le bruit faiblit.

« Ce n'était peut-être que le vent. »

Elle juge quand même bon de ne plus suivre le sentier. Elle s'enfonce dans le bois et s'efforce de rester loin du lac.

« Il doit bien y avoir un autre chalet dans le coin. »

Mais elle ne distingue aucune lumière. Rien que des arbres et des arbres…

Tout à coup, elle n'arrive plus à s'orienter. Elle ne sait plus de quel côté se trouvent le lac ou le sentier.

« C'est impossible. Je ne suis pas perdue ! »

Mais elle l'est. Peut-être qu'elle ferait mieux de rester là pour la nuit et d'attendre le lever du soleil.

« Bien sûr, Jasmine ! Reste dans le noir avec les morts vivants qui rôdent et une meurtrière qui te poursuit ! » Elle a si peur qu'elle ne sait plus si elle doit rire ou pleurer.

Lentement, Jasmine recommence à marcher dans ce qu'elle croit être la direction du lac. Elle se dit que c'est ce qu'elle aurait dû faire dès le début. En longeant le lac, elle finira par apercevoir un chalet. Il y a même une petite épicerie sur l'autre rive.

Au bout de plusieurs minutes, elle distingue une lumière qui bouge au loin.

« Une lampe de poche ! Enfin, quelqu'un pourra m'aider ! »

Elle continue à avancer vers la lumière en trébuchant à plusieurs reprises.

— Hé ! appelle-t-elle. Je suis perdue ! Pouvez-vous m'aider ?

— Bien sûr ! répond une voix.

Une silhouette se dresse devant elle et le sang de Jasmine ne fait qu'un tour.

C'est Anne.

Chapitre 25

— Qu'est-ce que tu fais là? demande Anne en écarquillant les yeux de surprise. Jasmine, j'étais tellement inquiète!

Elle porte un blouson par-dessus sa robe de chambre et elle a enroulé ses cheveux dans une serviette.

Jasmine ne sait pas quoi dire.

Comment Anne l'a-t-elle trouvée?

— Quand j'ai vu que tu n'étais plus là, explique Anne comme si elle avait lu dans ses pensées, j'ai cru que... Je ne savais pas trop quoi penser, mais j'ai eu peur. J'ai trouvé tes clés sur la pelouse.

— J'étais perdue. Comment m'as-tu trouvée?

— J'ai suivi tes traces. Tu as tourné en rond. Le chalet est juste là.

Jasmine se retourne et aperçoit les lumières du chalet.

— Mais qu'est-ce que tu fais ici? Ce n'est pas prudent de se promener seule dans la forêt le soir.

— Je sais. J'avais envie de prendre l'air.

— Il fait froid, dit Anne. Regarde-toi, tu trembles. Tiens, mets mon blouson. Rentrons.

Jasmine est déconcertée. Anne est toujours aussi prévenante, aussi gentille. C'est difficile d'imaginer qu'elle ait pu assommer Marie-Andrée.

D'un autre côté, Marie-Andrée semblait réellement alarmée au téléphone tout à l'heure.

Mais même si c'est Anne qui a mis le feu à la maison de la rue Pétrin, ça ne veut pas dire qu'elle s'en prendra à elle. « De toute façon, se dit Jasmine, qu'est-ce qui peut m'arriver ? Je suis plus forte qu'elle. Peut-être qu'en retournant au chalet comme si de rien n'était, je finirai par comprendre ce qui se passe. »

Après être restée pendant presque une heure dans la forêt, Jasmine trouve le chalet chaud et réconfortant. Elle se tient devant le foyer pour se réchauffer.

— Je vais faire du thé, dit Anne.

« Comment Anne aurait-elle pu commettre les crimes dont Marie-Andrée l'accuse ? Peut-être que c'est Marie-Andrée qui n'a plus toute sa tête. »

— Merci, dit Jasmine quand Anne lui apporte son thé.

Celle-ci s'assoit dans un fauteuil en face d'elle. « Comment aborder la question, maintenant ? » se demande Jasmine. Mais Anne vient à sa rescousse.

— J'ai cru entendre le téléphone sonner quand j'étais dans la douche, dit-elle. Qui c'était ?

Jasmine inspire profondément.

— C'était Marie-Andrée.

— Ah ! fait Anne, surprise. Je croyais qu'elle n'avait pas encore repris connaissance.

— Elle est revenue à elle aujourd'hui. Elle va mieux. Mais elle m'a dit des choses troublantes à ton sujet.

— C'est vrai ? Quoi donc ?

La gorge de Jasmine se serre.

— Elle prétend que c'est toi qui as écrit les notes.

— Les notes ? répète Anne. Celles qui ont été imprimées à l'encre bleu pâle ? Mais c'est ridicule ! C'est son ordinateur ! Tout le monde le sait.

— Il n'y a que toi qui en es certaine. Nous, on a toujours cru que c'était possible que quelqu'un d'autre à Belval ait acheté une cartouche bleu pâle.

— Veux-tu insinuer que c'est moi qui ai écrit les notes ? demande Anne.

— Je ne sais plus quoi penser, avoue Jasmine.

— Qu'est-ce qu'elle a dit d'autre ?

— Elle a dit que tu l'avais frappée derrière la tête pendant qu'elle s'entraînait à la poutre.

— Elle t'a dit ça. Et je suppose que tu l'as crue ?

L'expression d'Anne a changé. Il n'y a plus aucune trace de douceur ni de gentillesse dans son regard. Elle paraît furieuse et déterminée. Mais déterminée à quoi ?

— Je te l'ai dit. Je ne sais plus quoi penser, répète Jasmine.

Anne soupire et lui adresse un sourire étrange.

— Très bien, Jasmine. Je pense que le moment est venu de te dire la vérité. C'est moi qui ai écrit les notes. Et c'est moi qui ai frappé Marie-Andrée.

— Mais pourquoi ? demande Jasmine, horrifiée.

— Pourquoi ?

Anne rit.

— C'est simple. Parce qu'elle savait la vérité ! Et malheureusement, tu la connais aussi maintenant…

Chapitre 26

Jasmine fixe Anne pendant un moment, terrassée. Malgré les accusations de Marie-Andrée et les aveux d'Anne, elle n'arrive pas à le croire.

Est-ce vraiment son amie Anne, la douce et prévenante Anne, celle qui lui a préparé une tasse de thé il y a quelques minutes à peine?

Maintenant, c'est tout juste si Jasmine reconnaît la fille assise en face d'elle; le visage délicat de son amie est déformé par un rictus moqueur et cruel.

Anne enlève la serviette enroulée autour de sa tête et secoue ses cheveux frisés.

— Qu'est-ce qu'il y a, Jasmine? La chat t'a mangé la langue?

— Je… je ne peux pas le croire.

— Ah vraiment? dit Anne. Eh bien! c'est la vérité. Il y a beaucoup de choses que tu ignores, Jasmine. Tu vis dans un monde de rêve: tout va toujours comme tu veux, les garçons sont à tes pieds. Tu penses que tu peux avoir tous les gars, hein?

— Je n'ai jamais pensé ça.

— Ah non? Et où en es-tu avec Gab?

— Je ne suis sortie avec lui qu'une fois, avoue Jasmine d'une petite voix.

— Mais tu voudrais bien que ça aille plus loin, hein ? Tu t'es probablement dit que tu pourrais l'ajouter à ta collection, comme Nicolas et Michaël.

Et elle poursuit avec une fureur soudaine :

— Mais tu ne l'auras pas !

Jasmine continue à dévisager Anne, dégoûtée et épouvantée par l'expression haineuse de son amie.

— Tu as dit qu'il ne t'intéressait pas, proteste-t-elle. Tu as dit à Marie-Andrée qu'il n'était qu'un ami de la famille.

— Qu'est-ce que tu voulais que je dise ? demande Anne d'un ton méprisant. Que je l'aime depuis que je suis toute petite ? Que Gab et moi, on ne pourra jamais être ensemble ? Une vraie amie aurait su lire entre les lignes !

— Anne, je suis désolée. Je n'ai jamais voulu te faire de peine. Je ne serais jamais sortie avec Gab si j'avais su ce que tu ressentais pour lui. Et je te promets de ne jamais le revoir !

— Il est trop tard, déclare Anne froidement.

— Qu'est-ce que tu veux dire ?

— D'après toi ? dit Anne. Ce que je veux dire, c'est que tu n'en auras plus l'occasion.

Elle fait une pause et reprend d'un ton désinvolte :

— Pendant quelque temps, j'ai cru que tu étais différente, que tu n'étais pas comme Marie-Andrée. Quand je l'ai vue embrasser Gab, j'ai compris tout de suite que je devais me débarrasser d'elle.

— Mais c'est toi qui as proposé à Marie de demander l'aide de Gab pour sa musique !

— Je ne pensais pas que ça irait si loin.

— C'est pour ça que tu l'as frappée ? demande Jasmine.

— Non !

Anne semble exaspérée.

— Je t'ai déjà dit que je l'avais frappée parce qu'elle a découvert que c'était moi qui avais fait le coup.

— C'est toi qui as allumé le feu ? demande Jasmine, étonnée.

— Les feux. C'est moi qui ai mis le feu à l'auto de Gab.

— Pourquoi ?

— J'ai vu Gab avec une fille dans le parc ce soir-là. Il chantait pour elle. Il lui chantait une chanson qu'il a composée pour moi. Je ne savais pas que c'était toi. Je pensais que c'était Marie-Andrée.

— Alors tu as décidé de mettre le feu à sa voiture ?

— J'ai pensé que ça l'empêcherait peut-être de sortir de nouveau avec elle, explique Anne d'un ton calme et posé.

— Mais comment as-tu fait ? Tu as une peur mortelle du feu !

Anne paraît amusée.

— Ce n'est plus le cas. Tu sais qu'on peut se mettre à aimer passionnément ce qu'on a haï ?

Pendant longtemps, j'ai cru que le feu était mon ennemi. Mais maintenant que j'ai découvert ses pouvoirs, le feu est devenu mon ami.

« Elle est folle, se dit Jasmine. Comment ne m'en suis-je pas rendu compte avant ? »

— Anne, dit-elle doucement, je suis tellement navrée. Je vois bien que ma présence te gêne en ce moment. Alors donne-moi mes clés et je vais rentrer chez moi. On reparlera de tout ça la semaine prochaine.

— Rentrer chez toi ? Pourquoi te laisserais-je rentrer chez toi ? J'ai tout planifié, Jasmine. J'ai voulu me débarrasser de Marie-Andrée et maintenant, je vais me débarrasser de toi.

« Elle est plus petite que moi, se rappelle Jasmine. Elle ne peut pas me faire de mal. » Elle se lève.

— Où sont mes clés, Anne ?

Anne sourit et fouille dans la poche de sa robe de chambre.

— Tu veux parler de ces clés-là ?

— Donne-les-moi.

— Si tu les veux, va les chercher !

Anne lance les clés dans le foyer. Le porte-clés en cuir noir disparaît derrière une bûche en feu.

— Très bien. Alors je vais marcher, dit Jasmine en se dirigeant vers la porte.

— Oh non ! Tu n'iras nulle part ! s'écrie Anne en courant derrière Jasmine.

Elle saisit Jasmine à bras-le-corps et la projette par terre.

Jasmine a le souffle coupé en tombant à plat ventre sur le plancher. Anne se met à lui tirer les cheveux.

— Arrête ! hurle Jasmine. Laisse-moi tranquille !

À force de se tortiller, elle parvient à se retourner. Anne est à califourchon sur elle, l'égratignant et la frappant.

— Tu as toujours pensé que j'étais inoffensive ! La gentille et inoffensive petite Anne ! Eh bien ! qu'en penses-tu maintenant ?

— Anne, arrête ! S'il te plaît !

Jasmine tente d'esquiver les coups, mais Anne est étonnamment forte et vive.

— J'ai suivi un cours d'autodéfense l'été dernier, dit Anne d'un ton suffisant.

Dans un geste désespéré, Jasmine agrippe la robe de chambre d'Anne pour tenter de la déséquilibrer.

Anne tient bon, mais sa robe de chambre glisse sur ses épaules. Jasmine écarquille les yeux et pousse un cri d'horreur.

De longues cicatrices rouges sillonnent le corps d'Anne, des hanches aux épaules.

Chapitre 27

En état de choc, Jasmine ne peut détacher son regard de son amie. Anne se lève et pivote comme un mannequin qui présente une nouvelle robe.

Les horribles cicatrices s'entrecroisent aussi dans son dos et à l'arrière de ses bras. Jasmine n'arrive même pas à imaginer la douleur qu'ont pu causer ces marques hideuses.

— Tu en as assez vu? demande Anne. Ça s'est passé il y a quatre ans. J'étais en visite chez ma grand-mère quand la lampe à pétrole a explosé.

— Oh! Anne!

Jasmine a de la difficulté à parler.

— Comme c'est affreux!

— Ça oui, c'était affreux, dit Anne. Plus que tout ce que tu peux imaginer. Il n'y a pas de mots pour décrire mes souffrances.

— Je n'en savais rien. C'est un miracle que tu sois encore vivante.

— J'ai failli mourir, déclare Anne d'un ton presque fier. Tous les docteurs disaient que je n'avais aucune chance de m'en tirer. Mais j'ai survécu, Jasmine. Et tu sais pourquoi?

— Non, souffle Jasmine.

— J'ai survécu grâce à Gab. Il venait me voir tous les jours. Il m'apportait mes devoirs. Il jouait de la guitare et chantait des chansons rien que pour moi. Il me parlait. Il m'a donné une raison de combattre la douleur et de recommencer à vivre.

— Tu l'aimes depuis ce temps-là?

— Oui, répond Anne simplement. Il est mon âme. Il m'a fait renaître.

Ses yeux s'emplissent de larmes, mais elle les refoule d'un battement de paupières.

— Je sais que Gab m'aimait aussi, mais il ne me l'a jamais dit. Comment aurait-il pu?

— Je suis sûre que tu comptes pour lui, dit Jasmine.

— Je sais. Mais nous ne pourrons jamais être ensemble. Mon corps est détruit. On ne sera jamais ensemble! Jamais! crie Anne. Je le lui ai dit au moins cent fois!

Elle fixe ses yeux bleus sur Jasmine et parle lentement et calmement.

— Je ne serai jamais la petite amie de Gab. Mais si je ne peux pas l'avoir, personne d'autre ne l'aura! Ni Marie-Andrée ni toi, mademoiselle Perfection!

Pressentant une nouvelle attaque, Jasmine roule aussi loin qu'elle le peut. Mais cette fois, Anne ne se jette pas sur elle. Elle continue plutôt à parler.

— Pauvre Jasmine! dit Anne. Tu es si innocente! Tu es presque un bébé! Tu ne connais rien à rien et tu n'apprendras qu'une fois que tu auras expérimenté la vraie douleur.

— Anne, dit Jasmine doucement, il n'est pas trop tard pour toi. Tu peux obtenir de l'aide. Je t'accompagnerai chez un psychologue. Et peut-être que tu pourrais consulter un chirurgien plastique...

Anne rit avec amertume.

— Qu'est-ce que tu racontes, Jasmine? Personne ne peut arranger ça!

Elle jette un regard dégoûté sur son corps.

— Tu trouvais ça excitant quand les garçons ont commencé à allumer des feux, hein?

— Oui, admet Jasmine à contrecœur. Mais...

— Tu ne te rendais pas compte à quel point le feu est dangereux. Ce soir, je vais te le montrer!

D'un geste rapide, Anne remet sa robe de chambre et, avant que Jasmine ait pu l'en empêcher, elle s'empare du chalumeau sur l'établi de son père.

— Non! hurle Jasmine en bondissant sur ses pieds.

Mais Anne court et se place devant la porte du chalet.

— Voilà comment j'ai mis le feu à la maison de la rue Pétrin. C'était un magnifique feu.

Elle sourit d'un air rêveur en allumant le chalumeau.

Puis elle s'avance vers Jasmine.

Chapitre 28

— Non ! crie Jasmine qui trébuche contre le canapé. Arrête, Anne !

Mais celle-ci est juste derrière elle. Le canapé prend feu subitement.

Jasmine traverse la pièce en toussant à cause de la fumée. Elle essaie d'ouvrir la fenêtre, mais les rideaux s'embrasent.

Anne la suit en riant comme une folle. Dès que Jasmine touche à quelque chose, Anne y met le feu. Tout est en flammes dans le chalet.

En suffoquant à cause de la fumée et de la chaleur intense, Jasmine essaie encore une fois de sortir. Mais le blouson d'Anne, qu'elle porte toujours, prend feu soudainement. Elle l'enlève à la hâte, paniquée.

— Pas par là, Jasmine, dit Anne en lui bloquant le chemin.

Jasmine tourne les talons et se précipite vers le coin cuisine.

Elle aperçoit un poêlon rempli d'eau savonneuse dans l'évier.

Sans même réfléchir, elle s'en empare et le lance sur Anne. Le poêlon atteint celle-ci à l'épaule, mais la flamme du chalumeau est toujours allumée.

— Belle tentative, Jasmine, dit Anne, trempée. Mais tu ne m'échapperas pas.

Elle tend le bras vers Jasmine qui se détourne.

— Tu sens la douleur, dis-moi ? Tu la sens ?

Le chalumeau lui effleure les cheveux. Jasmine crie et plonge en avant, mais elle atterrit durement sur le plancher.

Anne se dresse au-dessus d'elle, le regard fou. Tout brûle autour d'elle.

Lentement, elle approche le chalumeau du visage de Jasmine.

Celle-ci ferme les yeux en sentant la chaleur torride près de sa peau.

« Je vais mourir, pense-t-elle.

« Je vais mourir. »

Mais la porte du chalet s'ouvre brusquement.

Une bouffée d'air froid s'y engouffre.

— Ça suffit ! crie une voix masculine.

C'est Gab.

— Tu m'entends ? hurle-t-il. Arrête, Anne ! Arrête tout de suite !

Hébétée, Jasmine le regarde tendre le bras pour saisir le chalumeau.

Anne réagit avec une rapidité étonnante et Gabriel pousse un cri de douleur en se brûlant la main. Après quelques secondes de lutte, Gabriel réussit à s'emparer du chalumeau et le jette par terre.

— Noooon ! gémit Anne. Noooon !

Gabriel l'agrippe par les épaules et la pousse dehors à travers les flammes et la fumée. Puis il revient et entraîne Jasmine à l'extérieur. Il la roule par terre à plusieurs reprises pour éteindre le feu qui commence à prendre à ses vêtements.

— Est-ce que ça va ? finit-il par demander.

Ses sourcils sont roussis et son visage est noir de suie.

— Oui, je crois, murmure Jasmine.

Gabriel se tourne vers Anne qui est agenouillée sur la pelouse, secouée par de violents sanglots. Il l'enlace tendrement.

Des flammes géantes s'élèvent maintenant du chalet et Jasmine entend la sirène des voitures de pompiers au loin.

Tout en serrant Anne dans ses bras, Gabriel fixe le brasier.

— Marie-Andrée m'a appelé. Elle m'a dit où tu étais, Jasmine. Elle avait peur que tu ne la croies pas.

— J'ai bien failli ne pas la croire, avoue Jasmine.

Une tristesse insoutenable se lit sur le visage de Gab tandis qu'il caresse les cheveux d'Anne.

— Pauvre Anne ! Ça s'est passé il y a si longtemps. Je ne voulais pas me rappeler à quel point elle a souffert. Je lui apportais ses devoirs. Ses parents disaient que je l'aidais beaucoup. Alors j'ai continué à lui rendre visite. Quand je pense que c'est moi le responsable de toute cette histoire de feux. Voilà où ça nous a menés.

Jasmine regarde Gabriel et Anne, dont les silhouettes se découpent sur les flammes. Gab parle toujours, mais il ne s'adresse pas à elle.

— C'est fini, Anne, dit-il doucement. Il n'y aura plus de feu. Plus jamais.